小学館文庫

白天狗の贄嫁

毒持ちの令嬢はかりそめの妻となる

朝比奈希夜

小学館

序章

「嫌……出して」

十七歳になったばかりの中村紫乃《なかむらしの》は、長い黒髪を振り乱して樽《たる》型の座棺《ざかん》を必死に叩《たた》いて訴えた。しかし意識が朦朧《もうろう》としていて力が入らず、その音はあたりの静寂を多少乱す程度のものであり、声もかすれて響かない。

紫乃が纏《まと》う上質で鮮やかな緋色《ひいろ》の着物は婚礼衣裳《いしょう》の代わりらしく、夜の暗闇でもよく見えるように配慮したのだとか。もっとも、紫乃にはいらぬ配慮なのだが。

「どこに……。お願い、出して」

最後の力を振り絞って叫ぶと、男の野太い声が聞こえてきた。

「お嬢ちゃん、あきらめな。自分の尊い命が街の皆を救うんだから、素晴らしいじゃないか。きっと成仏できるさ」

その深刻な内容とは裏腹に、男は馬鹿にしたように鼻で笑う。

「そんな……」

もうすでに何人もの命を奪ったくせして、尊い命とはどの口が言っているのか。

紫乃は声を張り上げて反論したつもりだったが、腹に力が入らず男たちの足音にかき消されてしまった。

男たちが運ぶ座棺が載せられた輿《こし》は、上下、そしてときには左右に揺れて、そのたびにみぞおちのあたりがむかむかして吐きそうだ。

——どうして、こんなことに……。

遠ざかりそうになる意識を懸命に呼び戻して、紫乃はそんなことを考える。

群馬《ぐんま》の端にある貧しい農村で、両親、姉、そして弟ふたりと、田畑を耕し必死に生きてきただけ。人の道を外れたことなど、誓って一度もない。それなのに、なぜこんなひどい仕打ちを受けなければならないのか、どれだけ考えても答えは出ない。

頬に流れる涙は、つらいからなのか悔しいからなのか、自分でもわからなかった。

男たちが歩く道が荒れているようで、揺れが大きくなっていく。

それからどれくらい経《た》ったのだろう。ドンという大きな衝撃とともに揺れが収まり、天井の蓋が開いた。

絶望を孕《はら》んだ紫乃の瞳には、暗い夜空を青白く灯《とも》す月が見える。その清暉《せいき》は、鋭く肌を突き刺してくるような強い太陽の光とは違い穏やかで、紫乃を温かく包んでくれるかのように感じられた。

しかし、それも一瞬だった。にやにやといやらしい笑みを浮かべる丸眼鏡をかけた短髪の男が、座棺を覗《のぞ》き込んできたからだ。

男は、とある陰陽師《おんみょうじ》と結託して紫乃と姉の時子《ときこ》を陥れたひどい人間だ。

「もうすぐ子《ね》の刻だ。天狗《てんぐ》が迎えに来る。骨の髄《ずい》までしゃぶってもらえ。よかったなぁ、なんの役にも立たない無能な女が街の人々を救えるんだ。ありがたいお役目だと思いな」

挑発するような言葉を並べる男を、気力を振り絞ってにらみつけると、チッと小さな舌打ちをして罵声を浴びせてくる。

「なんだ、その目は。生意気なんだよ。もうすぐお前の代わりに先に死んだ大好きな姉ちゃんのところに行けるさ」

姉について触れられると、言い返す言葉もない。紫乃がなにをしたわけでもないけれど、結果的に姉を犠牲にして生きながらえたからだ。

ただ、その命も風前の灯火《ともしび》。あと寸刻で途絶えるだろう。

「それじゃあな」

奥深い山中まで紫乃を連れてきた男ふたりの足音が遠ざかっていく。

――逃げなくては。

紫乃は手を伸ばして座棺の上辺を握った。けれど、もう立つ力が残っていない。

「なんで……」

いくら考えても、恨み節しか出てこない。こんなひどい仕打ちを受ける覚えはまったくなかった。

息をするのも苦しくなってきた紫乃は、喉に手を当てて必死に酸素を貪る。しかし、いくばくもない命のために努力するのがばからしくなり、全身の力を抜いた。

「父ちゃん、母ちゃん……時子姉ちゃん……」

家族の顔を順に思い浮かべていくと、頬に伝う涙が止まらなくなる。

弟ふたりの顔が頭をよぎったとき、見知らぬ男女の笑顔がふと浮かんだ。

凛々《りり》しい眉を持つ細面の男は、色白ではかなげな、しかしどこか強い意志を感じる大きな目の女の肩を抱き、微笑《ほほえ》みながら紫乃のほうに手を伸ばしてくる。かつてどこかで会った夫婦だろうか。質のよさそうな着物を纏っている。

これほど身ぎれいにしている夫婦は、紫乃が育った農村ではまず見ない。明日食う物に困るような農村の人々は皆頬がこけていて、擦り切れた着物を着ているものだ。

二十代半ばくらいに見えるそのふたりに、心当たりはなかった。

死の間際に思い出すなんて……。なぜ頭に浮かんだのか不思議でたまらない。しかし『紫乃』と自分を呼ぶ優しい声まで聞こえた気がして、ふと我に返った。

まだあきらめるのは早い。姉の時子が『逃げて』と言い残して目の前で亡くなったとき、必ず生き残ると覚悟を決めたではないか。

立ち上がれないのであればと、渾身《こんしん》の力を振り絞り、座棺の壁面に体をぶつけた。

すると、不安定な場所に立っていたのか案外簡単に倒れて、全身を強く打ちつける。

「痛っ……」

大丈夫だ。痛みがわかる。まだ生きている。

紫乃は力の限りを尽くして、座棺から這《は》い出した。けれど座ることすらできず、そこから動けない。それでもなんとか先に進もうと伸ばした腕には赤いあざが多数浮かび、口の中には鉄の味が広がる。血を吐いてしまったのだ。

木立の間を吹き抜ける風がその葉を揺らし、ざわざわと不気味な音を立てている。

どれだけ気をしっかり保とうとしても、不安と絶望がどんどん深くなっていく。

いよいよここまでか。

子の刻に現れるという天狗に食いちぎられて、天へと召されるのだろう。

どうせなら痛みを感じないほうがいい。いっそ、天狗が現れる前に死んでしまえれば……。

先ほどは痛みで気持ちを奮い立たせたのに、もうこれ以上はつらいという矛盾した気持ちが湧き起こる。けれど、そもそも死の足音が間近に聞こえているのに正気でいられるわけがない。

それでも、自分をかばって死んでいった姉を思うと、簡単に死にたいとも口走れなかった。

とはいえ、姉を犠牲にして自分だけが生き残るというのも心苦しい。様々な感情が入り乱れて、なにを考えたらいいのかわからなくなった。

やがてあたりには霞《かすみ》がかかり始め、視界が遮られていく。もう逃がさぬと帰り道をふさがれたようで、紫乃は唇を噛《か》みしめた。

そのとき、目の前に白く艶のある羽根が落ちてきた。

「どうして……どうして死ななければならないの？　人間も、あやかしも」

紫乃は美しい羽根をつかみ、ひっそり涙をこぼす。

――この羽根で、どこか遠くに飛んでいければいいのに。

できもしないことを考えて、地に頬をぴたりとつける。

もうそろそろ、子の刻だろう。天狗がやってきて、紫乃を餌にするはずだ。

ただ、紫乃を食らった天狗は……。

ここに連れてこられる前、紫乃はおどろおどろしい古い絵を見せられた。そこに描かれていたのは、逃げ惑う人間をむんずと捕まえて鋭い爪を突き刺し、ためらうことなく食いちぎる天狗の姿。漆黒の大きな羽を持ち、一本歯下駄《げた》を履いた険しい形相の天狗は、人間を貪っては死体の山を作っていた。口からは血が滴り、残酷な行為をしているというのにどこか恍惚《こうこつ》の表情を浮かべた姿は異様で、それが絵だとわかっているのに、一瞬にして背筋が凍りついた。

五百年前の光景だというその絵には、刀を差した多数の武士が対抗する姿も描かれていた。けれど天狗の前になす術《すべ》もなかったらしく、町人とともに死体の山に加わる運命だったようだ。

その絵にはもう一枚続きがあった。

天狗の乱心を聞き駆けつけた陰陽師が、我が物顔で街を跋扈《ばっこ》する天狗を山へと押し返して、ようやく平穏が訪れる様子が描かれていた。しかし殺《あや》めたわけではなく、なんとか山へと戻して結界を張っただけ。

そのとき生き残った者が、結界の効果がなくなる五百年後までになにか打つ手を考えよという意味で凄惨な出来事を絵に残したという。

その五百年後というのが、まさに今日なのだ。

しかし、天狗の襲来を防ぐよう政府から依頼された陰陽師は、実は陰陽師としての能力をすっかり失っており、山へと押し戻すどころか天狗の暴挙を止めることなど到底できない。困り果て、とある方法で殺めるために天狗が住まうと言われる高尾山《たかおさん》の中腹に餌として紫乃を置いていった。

無論、紫乃はそんな役割を承諾した覚えはない。

そのとき、バサッバサッという大きな音と、地に叩きつけるような強い風が吹いてきて、紫乃は顔をこわばらせた。いよいよ天狗がやってきたのだ。

あたりの木々をなぎ倒さんばかりに吹く風が、一面にかかっていた霞を吹き飛ばし、次第に視界が開けてくる。

逃げなくてはという気持ちと、姉を逝かせて自分だけが生き残っている罪悪感がせめぎ合い、思考がまとまらない。それに、逃げようにも臓《はらわた》という臓が燃えるように熱く、口から火を噴きそうなくらいで、もう体が動かなかった。

やがてピタッと風がやみ、ざわついていた木々も息をひそめるかのごとく動きを止め、静寂が訪れる。

紫乃は苦しさと恐怖に震えながら顔を上げた。

「あっ……」

紫乃が思わず声を漏らしたのは、そこに月明かりに照らされた純白の羽を大きく広げた大柄の男が立っていたからだ。

先ほど拾ったものと同じ艶のある白い羽は、月光を浴びて輝いているようにも見え、見惚《みほ》れるほど美しい。

月明かりを背負う男の表情はよくわからなかったものの、紫乃をとらえる鮮やかで透き通るような碧《あお》い目だけは、光り輝いている。しかしその目は、凍《い》てつきそうなほど冷ややかであった。

「あ……あなた、は？」

紫乃は喉を押さえながら、必死に声を振り絞る。

銀色の長い髪を高い位置でひとつにまとめた男は、地上にすとんと下りてきて、紫乃を見据えた。

「私はこの山に住まう天狗だ」

想像よりは幾分か低い、淀《よど》みのない声が耳に届く。

「天狗……」

純白の羽を持つ天狗がいるとは知らず、目を瞠《みは》る。しかし、羽を広げて飛んできた彼が、人ならざる者であることは疑いようがなかった。

あの絵の天狗とは姿が異なるが、ここに現れたということは紫乃を食らうのだろう。

いよいよ最期のときが来たのだと悟った紫乃は、抗《あらが》うことをあきらめて覚悟を決め、顔を上げて視線を合わせる。すると天狗は少し驚いたように凜々しい眉を上げて口を開いた。

「お前はなぜそれほど青白い顔をしている」

ひと思いに食いちぎられると覚悟していた紫乃には意外すぎる問いかけに、言葉が出てこない。

答え如何《いかん》で自分の処遇が変わるのだろうか。いや、どのみち死しか待っていない。

ただ、目の前の天狗があの絵の天狗でないのは明らかで、そうであれば他にもまだ仲間がいるのだろう。この天狗を殺めたところで、人間に対する憎悪が募るだけ。さらに犠牲者が増えるに違いない。

紫乃は天狗を殺め、帝都に平穏をもたらすためにここに置いていかれたのだが、それも水の泡となる。これほど苦しみ、今日のために姉や他の女も命を落としたのに無駄死ににになるとは。やり場のない怒りが込み上げてくる。

どうせあと寸刻の命なら、すべてを吐き出してから姉のところに旅立とう。

そう考えた紫乃は、鉄の臭いの消えない口を必死に動かし始めた。

「私には……ど、毒が仕込まれている。食らえば、あなたも死ぬ、でしょう」

正直に伝えると、天狗はあからさまに眉をひそめて不快を表した。

「人間の考えそうなことだ。しかし、そんなことを打ち明けて、なんの目的があるのだ。殺されるだけだ」

天狗は紫乃をあざ笑うかのように言う。

「もう……死ぬのは、私だけでいい」

苦しそうに喉を掻《か》きむしりながら大粒の涙を流す姉が、無念の表情を浮かべて大量の血を吐いた姿を思い出し、紫乃は最後の力を振り絞って訴える。

「おね……お願い」

そこまで話したところで、再び胃から込み上げてくるものがあり、口に血の生臭い臭いが充満する。

口の端から漏れた血を拭い、紫乃は続けた。

「……天狗が暴れなければ、こんな罠《わな》……罠を仕掛けようなんて……」

苦しくて息が続かない。けれど、どうしてもこれだけは伝えたい。

しびれを切らした天狗が紫乃をひと思いに手にかけるかもしれないと思ったのに、真剣に聞いている様子なのが意外だった。

「……考えないはず。だから……も、う、人間に……手、を出さないで」

――ああ、これで本当に最後だ。

紫乃は腹を括《くく》り、天狗の目をまっすぐに見つめて訴える。

「お、お願い。あ……あなたは生きて」

「お前……」

天狗が淀みのない碧い目を丸くして、紫乃の前に跪《ひざまず》いたのまでは見えた。しかし、とうとう意識が途絶えた。

夜陰に溶ける

紫乃は群馬の貧しい農家、中村家の次女として育った。中村姓を名乗りだしたのは明治政府が苗字《みょうじ》を義務付けたからで、そもそも苗字など持たぬ下級平民だ。

紫乃には父と病気で臥《ふ》せる母、そしてふたつ年上の姉の時子と九歳と七歳の弟がいる。今年十三になるはずだった妹もいたのだが、六歳の頃に病で亡くなっている。

〝七歳までは神のうち〟などとも言われるが、病にかかっても貧しいがゆえ医者にも診てもらえずに命を落とすことは、紫乃たちの暮らす村でも珍しいことではなかった。

中村家は農家ではあるものの土地を持つわけではなく、借りた田畑を細々と耕して食い扶持《ぶち》をつなぐ毎日だった。必死に働いても、年貢の取り立てが厳しく、生活は苦しくなる一方だ。不作の年は食うに食えず、ますます生活が困窮していった。

今年は日照りが続き、遠くの川から水を運んできても足しにもならず、作物がほとんど枯れてしまった。主食となる米もほとんどできず、しかし地主の激しい取り立ては続き……幼い弟ふたりは、あばら骨が浮き出るほどやせ細っている。

十七になった紫乃は、姉の時子とともに近くの街に出かけては、家事などの頼まれごとをして金を稼いでいた。しかし身なりを気遣う余裕のないみすぼらしい姿のふたりは、足元を見られてわずかな賃金しかもらえないありさまだ。それでも、母や弟たちに食べさせる麦や少量の野菜を手に入れられるだけでありがたかった。

「紫乃、ごめんね。私がもっと稼げれば、あなたにこんな苦労をさせずに済むのに」

街からの帰り道。涼しげな目を細めて眉尻を下げた時子が話す。

たったふたつしか違わないのに、時子は長女として困窮していることに責任を感じているようだ。けれど、もちろん彼女のせいではない。

「ううん。姉ちゃんももっと食べて。昨日も、自分の分の麦飯、母ちゃんにあげてたでしょう？」

紫乃は十分な栄養をとれていないせいでかさついている時子の手を握って言う。

「日に日に母ちゃんの元気がなくなっていくのを見ているのがつらくて」

「それは、そうだけど……」

母は寒さが厳しい時季に風邪を拾い、それを悪化させて寝込んでしまった。おそらく、ろくに食べておらず体力が落ちていたせいだ。

「もう少しの辛抱よ。暖かくなったら秋に植えた芋が収穫できる」

「そうだね」

時子は明るく話したが、日照りが続いた今年は、その大半が枯れてしまった。それに収穫できたとしても、地主が根こそぎ持っていくに違いない。わかっていたものの、せめて気持ちだけは前を向いていなければと、紫乃は笑顔でうなずいた。

村に戻ると、家の前で地主と父がなにやら話をしていた。見覚えのない男の姿もある。年貢の取り立てだと察した時子が、手に入れてきた麦を紫乃に渡して小声でささやく。

「私が注意をそらすから、紫乃はこの麦を裏山の木の上に隠してきて。行って」

ようやく手にした麦を取り上げられては、もう食べるものがなく、幼い弟や母の命が危うい。紫乃は時子に言われた通りその場を離れて裏山へと向かった。

幼い頃、時子とよく一緒に遊んだ樫《かし》の木の枝にそれをくくりつけ、家へと急ぐ。父と姉だけを矢面に立たせるわけにはいかない。

急ぎ足で戻ると、いつもは平身低頭して年貢を納められないことを謝る父が、怒りをむき出しにした目で地主をにらんでいる。その隣で時子が顔を引きつらせていた。

「こっちに寄越《よこ》しな」

「帰れ！　時子は渡さん！」

三十代半ばくらいだろうか。襟足を短めに刈り上げた、農村では珍しく身なりの整った男が時子の腕をつかむので、父がそれを振りほどいた。

ただならぬ様子に紫乃が駆けつけると、男がにやりと気味の悪い笑みを浮かべる。

「ああ、紫乃さんですね。お待ちしていましたよ。本当だ、姉とはまったく似ていない。あんたなら、よい値が付きそうだ」

値踏みするかのように、紫乃の頭から足先まで視線で犯す男に、虫唾《むしず》が走る。

たしかに姉と紫乃は似ていない。しっかりしているのもあり、年齢より年上に見える時子に対して、紫乃は少し幼く見える。時子が丸顔で紫乃は面長。ふたり並んで歩いていても、姉妹だと気づく者はいない。

しかし、よい値とはなんのことだろう。

「紫乃には手を出さないで。私が行きます」

時子が紫乃の前に立ちふさがり、興奮気味に言い捨てる。

「時子もやらない。年貢は必ず納めますから、もう少し待ってください」

険しい顔の父が地主にすがりつくも、男の目は時子の肩越しに紫乃をじっと見ていた。

「その言葉、何度聞いたことか。畑は荒れ放題なのに、どうやって納めるというのだ。奥さん、死にそうなんだろ？　もう娘しか売るものがないんだから、あきらめな」

地主がそう言ったとき、紫乃を見据える男が、人買い――女衒《ぜげん》だと気づいて背筋に冷たいものが走る。

帝都の遊郭に女を売る女衒は、数年前にもこの村から女を連れていったことがある。その女が今どうしているか知る由《よし》もないけれど、女の家はそのときに得た金を滞っていた年貢として地主に支払い、生きながらえている。とはいえ、生活が豊かになった様子はないのだが。

「人買いは禁止されたのでは？」

街で聞きつけた話をぶつけたものの、女衒は意味ありげな笑みを浮かべるだけだ。

「よく知っているな。その通りだ。それでは金は払わぬが、今すぐ年貢を納めてやれ。せっかく命を助けてやろうと出向いたのに、とんだ無駄足だったか。かわいい弟がふたりもいると聞いて、同情したんだがなぁ。餓死するしかないだろうよ」

女衒は大げさに残念がる振りはしているものの、目が笑っている。

悔しくてたまらなかったが、言い返す言葉が見つからなかった。その通りだからだ。弟たちは次第に元気をなくして、今や寝たきり。母の命は今にも燃え尽きそうで、いくばくかの麦があったところでどうにかなるものではない。

しかし、こんな男の言いなりには決してなりたくなかった。

にらみつけて黙っていると、時子を押しのけて紫乃の顎を持ち上げた女衒が鼻でふんと笑う。

「いい目だ。その気の強さ、遊女に向いている」

「触らないで」

紫乃はその手をはねのけたものの、男は動じない。

「ひとつ教えてやろう。人買いは禁じられたが、春を売ることは禁じられていない。私についてくれれば確実に稼がせてやるし、お前さえ黙っていれば家族が困らないだけの金も払おう。お前はまれに見るいい女だ。その容姿を生かしたらどうだ。家族が生きるも死ぬも、お前次第だ」

自信満々に語る女衒は、紫乃に決断を迫る。

「私が行くって言っているでしょ。紫乃はやめて」

時子が必死に護《まも》ってくれるも、女衒の目はまっすぐに紫乃に向いている。

「こいつほどは稼げないだろうが、お前も連れていってやるよ。そうすればこの先何年かは食うに困らないだろう。ああ、母を医者に診てもらえるように手配してもいい」

「本当？」

紫乃は食いついた。どれだけ貧しくても、いつもにこにこと優しく紫乃たちを包み込んでくれる母が大好きなのだ。

「本当だ。なんなら今すぐ手配しようか」

「だめだ。紫乃だけは絶対に」

割って入ってきた父が、なぜか紫乃を強くかばう。

「俺はこいつが欲しいんだ。どうしても嫌なら断っても――」

「行きます」

「紫乃！」

振り向いた父が、紫乃の肩に手を置いて激しく首を横に振る。

「父ちゃん、ありがとう。母ちゃんが助かるならそれでいいの」

「だめだ。お前は……」

父はなにか言いかけたものの、無念の表情で口を閉ざした。

「物わかりのいい嬢ちゃんだ。そっちの嬢ちゃんはどうする？　一緒に行くならさらに金を積んでもいい」

「私も行きます」

「決まりだ。すぐに医者を手配しよう」

父は最後まで激しく抵抗していたが、紫乃と時子は、帝都に向かうことになった。

「なにしてる。もうすぐ着くからしっかりついてきな」

山下《やました》と名乗った女衒は、初めての帝都の人の多さに気圧《けお》されて周囲にせわしなく視線を送る紫乃を促す。

「いいかい？　ふたりは吉原《よしわら》で働くにはちと遅すぎる。姉さんは十六、妹は十五で通すんだよ。最初は下働きをしながら仕事を覚えるんだ。まあ、妹のほうは早いうちに高い値で水揚げしてもらえそうだが」

ひひっといやらしく笑う山下に、反吐《へど》が出る。いくら農村で育った世間知らずだといっても、遊郭が男が大金をはたいて女を買う場所であることくらい紫乃も知っていた。

母や弟たちが死なずに済むのだ。体を差し出すくらいなんでもない。そう覚悟を決めてついてきたつもりだったが、顔が険しくなるのはどうしようもない。好きでもない男に体を許さなければならないのに、平気でいられるわけがなかった。

それからしばらく行くと、散切《ざんぎ》り頭で黒い袴《はかま》姿の男が、行く手を阻むように突然立ちふさがった。その男は、着物を着崩した屈強な三人の男を従えている。

「ちょっと待て」

「なんですか突然」

一瞬ひるんだ山下だったが、胡散《うさん》臭い笑みを浮かべて対応を始めた。

「どこに行くつもりだ。その女ふたりは、お前の娘というわけではないだろう？」

「田舎から出てきた親戚の娘ですよ。帝都は初めてだと言うんで、案内しているところです」

「ほほう。それで吉原にでも案内するつもりか」

丸眼鏡のつるを指で押し上げた袴の男が、山下が人買いだと気づいていると悟った紫乃は、もしかしたら逃げられるかもしれないと期待する。

「吉原？　旦那、勘違いもほどほどにしてくださいよ」

山下は演技を続けるも、男たちはさらに詰め寄ってくる。

「お前が吉原に落とす女は、これで何人目だ。人買いが禁止されたのを知らないわけではないだろう？　悪いが証拠が挙がってるんだ。捕らえよ」

「ま、待ってくれ」

袴の男がうしろの三人に指示を出すと、山下はあっという間に捕まり、どこかに連れていかれた。

「危ないところだったね」

吉原を目前に大門《おおもん》をくぐらずに済んだと安堵《あんど》した紫乃は、時子と手を取り合って喜びを分かち合う。

「ありがとうございました。なんとお礼を言ったらいいのか……」

時子が深々と頭を下げるのに合わせて、紫乃も同じように腰を折った。

「私は野田《のだ》と言う。あなたたちは？」

「私は中村時子と申します。こちらは妹の紫乃です。あのっ、田舎の家族が食うに困っていて、あの男からお金をもらったのですが、それは……」

時子がそう言ったとき、紫乃は自分が助かったことを喜んでいる場合ではないと我に返った。金を返せと迫られても困るからだ。

「そんなところだろうと思ったよ。実は私は、このあたり一帯の有力者、竹野内《たけのうち》さまに頼まれて、あなたたちと同じような女を何人も救ってきたんだ。竹野内さまが金の面倒も見てくださる」

「本当ですか？」

紫乃が食いつくと、野田は大きくうなずいた。

「竹野内さまは、名門の陰陽師一族なのだ」

「陰陽師？」

筮竹《ぜいちく》を用いて吉凶を占ったり、はたまた怨霊やあやかし退治をしたりする陰陽師がいるという噂《うわさ》は耳にしたことがある。けれど、本当にいるとは。

「大っぴらにはされていないが、政府からも厚い信頼を得ていて、しょっちゅう占いやまじないの依頼を受けているのだ」

「素晴らしい方なのですね」

時子がひたすら感心している。

「そうだ。お国に貢献しているだけでなく、稼いだ金を貧しい者に分け与えていらっしゃるのだからな。これから竹野内家に連れていってあげよう。田舎に戻っても生活が苦しいのであれば、竹野内さまが帝都で奉公先を見つけてくださる。どうだ、悪い話ではないだろう？」

山下のような弱みに付け込む女衒がいるかと思えば、そのようなできた人間もいるのだと、胸に希望が膨らむ。

「ぜひ、お願いします。病の母と、幼い弟がふたりいるのです」

紫乃が懇願すると、野田は優しい笑みを浮かべて承諾した。


紫乃と時子が連れていかれたお屋敷は、そのあたり一帯でもひときわ大きく、資産家の家だとひと目でわかった。

野田に案内されて会った竹野内は、目尻のしわを深くして笑う、恰幅《かっぷく》のいい男性だった。白髪交じりの髪はこざっぱりと整えられていて、艶のある栗皮茶《くりかわちゃ》の着物は上等なもので、羽振りのよさが伝わってくる。

「時子さんに紫乃さんだね。危なかったね。一度吉原に足を踏み入れると簡単には抜け出せん」

「このたびは、本当にありがとうございました。竹野内さまには感謝でいっぱいです」

目に涙をうっすらと浮かべる時子は、紫乃の前では気丈に振る舞っていたけれど、やはり苦しかったのだと思わせた。

「禁じられているのに人買いに手を染める女衒が悪いのだ。だが、もう安心しなさい。奉公先も私が斡旋《あっせん》しよう。私は陰陽師として働いているのだが、政府の手が行き届かない貧しい方々を救いたいと常々思っているのだよ」

「これほど慈悲深い方がいらっしゃるとは。竹野内さまに出会えた私たちは、本当に幸せ者です」

時子は竹野内に向かって手を合わせ、ひたすら感謝を表す。

「私もあなたたちを助けられて光栄だよ。ここには君たちのような女性がほかにもいてね。しばらくは彼女たちと一緒に生活してもらうよ。野田」

竹野内に指示された野田は、ふたりを広い敷地の端にある蔵に連れていった。

「しばらくここで生活してもらう。女衒仲間に見つかると逆恨みされて、竹野内さまに迷惑がかかるからね。食事は運ぶから、ここから出ないと約束してくれ」

「承知しました」

まさか蔵に入れられるとは思わなかったが、吉原で見知らぬ男に股を開くよりずっといい。ふたりは承諾した。

高窓からわずかに光が差し込むだけの蔵の中は、じめじめしていて空気が淀んでいる。しかし、紫乃たちより前にふたりの女性が暮らしていて、仲間がいることに安心した。

ひょろりと背が高い菊子《きくこ》と名乗る女性は、最初にここに来たらしい。紫乃たちと同じ貧しい農家の出で、女衒に売られたところを助けられたのだとか。

もうひとりは、つると名乗った。彼女は帝都で商売をしていた親が借金を重ね、やはり吉原に売られる寸前だったとか。

つらい経験をした四人は、すぐに意気投合して仲良くなった。

食事は朝、昼、晩の三回。村では朝晩の二回が普通で、干ばつになると一日一食というのも珍しくなかったため、とてもありがたい。

その日の晩は、麦飯と大根の漬物、そして味噌汁《みそしる》が出された。

「ん？　少し味が変？」

味噌汁を口にした紫乃が漏らす。

「いろんな味噌があるからね。今まで食べたことがない味噌なんだろうよ。味噌汁があるなんてありがたい」

つるが感慨深げに言うので、紫乃はうなずいた。

「味噌汁なんて久しぶりね、紫乃」

「そうね。麦飯があるだけでありがたかったもの」

紫乃は時子に同調した。特に今年は食料が尽き、山に入っては山菜を探したり、川に魚を釣りに行ったりしたこともあった。しかし大した成果は得られず、おかずなど三日に一度食べられたらいいほうだった。

「皆苦しかったんだね。竹野内さまは仏さまのようなお方だよ。今、奉公先を探してくれているんだって。見つかったら必死に働いて恩返しをするつもり」

紫乃と同じ年の菊子は、目を細めて麦飯を飲み込んでから言う。

「そうね。竹野内さまに拾ってもらわなければ今頃どうなっていたか。竹野内さまは陰陽師さまだと聞いたのだけど……」

紫乃がそう言うと、四人の中では一番背が低くひとつ年下のつるが口を開く。

「そうそう。帝都を跋扈する魑魅魍魎《ちみもうりょう》を一手に引き受けて退治なさるのだとか。政府も一目置いていて、仕事は絶えないみたい」

「……すごい人なんだ」

「陰陽師さまは、昔はたくさんいたらしいけど今は少ないみたいね。帝都も救って、私たちにまで手を差し伸べてくださるなんて、本当にできたお方だわ」

「そうね」

時子は菊子の言葉にうなずいた。


それから五日後の朝。つるがなかなか目を覚まさない。

「つるさん、どうしたの？　もうすぐ食事よ」

「うん。少し調子が悪くて」

紫乃が声をかけると、うっすらと目を開けたつるは沈んだ声で答えた。

蔵には外から閂《かんぬき》がかけられていて、たったひとつの行灯《あんどん》が灯されただけのここは常にほの暗く、許可を得て厠《かわや》に行くとき以外、一歩も外に出られない。まるで牢《ろう》のようでもあった。体調を崩すというよりは精神が壊れていきそうだ。

ただ、女衒に見つかりでもすれば、助けてくれた竹野内が復讐《ふくしゅう》されるかもしれない。それだけは避けたく、皆一様に耐えている。

四人いて励まし合えるのが救いだけれど、とうとうつるが寝込んでしまった。

「風邪でもひいたのかしら」

紫乃はつるの額に手を当ててみたけれど、特に熱はなかった。

紫乃も少し体が重い。行灯を掲げてみると、菊子も目が血走っているし、時子の唇も紫がかっている。

この環境がよくないのかもしれないと思えども、なんの縁もないのに手を差し伸べ、さらには食事まで用意してくれる竹野内に文句などもちろんなかった。

「食事だよ」

いつも食事を運んでくるのは、野田だ。

蔵の扉が開くとき、野田以外の男が見えたことはあるが、他の者が紫乃たちにかかわることは一度もない。すぐ隣にある厠に付き添うのも彼なのだ。

「ありがとうございます」

時子がお礼を言いながら受け取ると、野田は臥せっているつるを見て眉をひそめた。

「つる、飯の時間だ」

「ごめんなさい。調子が悪くて遠慮させてください」

つるが返事をすると、ずかずかと奥へと進んだ野田が、薄い布団をはねのける。

「旦那さまが用意してくださった飯を食えぬと言うのか！」

女衒から助けられてから優しいという印象しかなかった野田が、眉をつり上げて大声を出すため、紫乃の背筋が伸びた。

「も、申し訳ありません。いただきます」

顔をひきつらせたつるは、乱れた着物の襟元を直しながら起きてきて、蔵の片隅に置かれた小さなちゃぶ台の前に座る。

「ほら、ありがたくいただけ」

「はい。いただきます」

つるを心配した時子が、代表して返事をして手を合わせた。

いつも野田は食べ終わった頃にもう一度来るのだが、今日は四人の食事を監視している。妙な緊張の中食べ進んでいると、味噌汁を口にしたつるが、箸を止めてしまった。

「どうした。出されたものはすべて食え。食えることのありがたみは、お前たちが一番よく知っているのではないのか？」

「ですが、調子が悪いようで箸が進まないのです。今日は勘弁してあげて――」

あまりに気の毒に思った紫乃が口を挟むと、野田は味噌汁の入った器を手にして、つるに無理やり飲ませ始める。むせても構うことなく続けられ、菊子の顔が引きつった。

「野田さま」

時子が野田を止めようとしたそのとき、大きくむせたつるの口の端から血が滴ったので、紫乃は慌てふためく。

「つるさん？　大丈夫？」

「まったく。旦那さまがようやく奉公先を見つけてくださったのに、調子が悪いとか。仕方ない。とにかく医者に診せて療養させよう。お前たちは全部食えよ」

大きな溜息《ためいき》をついた野田は、顔を真っ青にして話すこともままならなくなったつるを抱えるようにして出ていった。

「つるさん、どうしたんだろう」

時子が眉をひそめる。

「奉公先が決まってたんだね。医者に診せてくれるというから、よくなることを祈るしかないよね」

菊子が自分に言い聞かせるようにそう口にしたが、紫乃は野田の豹変《ひょうへん》ぶりに驚き、ただただふたりが出ていった扉をしばらく見ていた。

丸二日経っても、つるが戻ってくる気配はない。

食事を持ってくる野田に様子を尋ねると、母屋で養生していると聞き、ひと安心した。ところが今度は菊子が寝込んでしまった。

「姉ちゃん。実は私も少し体が重くて」

朝餉《あさげ》のあと紫乃がそう伝えると、時子は自分の着物の袖をめくる。

「実は私も。赤い斑点が消えないの。つるさんにもあったの、知ってる？　菊子さんにもあるわね」

これは伝染病ではないかと、緊張が走った。紫乃の体にもうっすらと浮かんでいるからだ。とはいえ、まともに医者に診てもらった経験がない紫乃たちには、どんな病なのか判断できない。

「私たち、ここで死ぬんじゃ……」

紫乃がつい弱音をこぼすと、時子が手を握ってくる。

「せっかく助けていただいたんだから、そんなこと言わないの。でも、ちょっと変よね」

時子は冷や汗を浮かべて眠る菊子を見ながらこぼした。

紫乃の体調はよくなるどころか悪化していく。時子も同じで、翌朝はとうとう三人ともに、布団から出られなくなった。

「飯の時間だ」

野田は相変わらず食事を淡々と運んでくる。

つると同じように食べ物を受け付けなくなった菊子も、朝餉のときに野田に無理やり味噌汁を飲まされ、戻してしまった。そのとき吐しゃ物に少し血が混ざっていたのを、時子も紫乃も見逃さなかった。しかしふたりとも他人を気遣う余裕がないほど衰弱していて、なんとか食事を腹に入れるので精いっぱいだった。

野田に体調の悪さを訴えて、伝染病ではないかと問うてみたものの、つるがすっかり元気になり奉公先に向かったと聞き、勘ぐりすぎだとわかった。

その後紫乃は、深く寝入ってしまった。

ふと目を覚ましたがあたりは暗く、夜を迎えたのか天気が悪いのかよくわからない。

皮膚の斑点は増える一方で、胃が焼けるように熱い。隣を見ると、時子が額にびっしり汗をかきながら寝ていたものの、反対を向いてもいるはずの菊子の姿がなかった。

「姉ちゃん」

やはりなにかがおかしい。そう感じた紫乃は、時子を揺さぶり起こした。

「どうした？」

行灯を灯してみると時子の顔が真っ青で、緊張が走る。

「姉ちゃん、調子悪い？」

「うん。手先は冷たいのに、胃が燃えているみたいで……」

紫乃もまったく同じ症状だ。やはり流行病《はやりやまい》なのではないかと疑う。

「菊子さんがいないの。どうしたか知ってる？」

「あれは……夢じゃないの？」

ゆっくり体を起こした時子は、ぼそりと漏らした。

「夢って？」

「菊子さんが、引きずられるようにして野田さまに連れていかれたの」

時子はそう言ったあと、激しくせき込み始め血痰《けったん》を吐いたので、目を瞠る。

「姉ちゃん!?」

「紫乃、よく聞きなさい。夢だとばかり思っていたんだけど……菊子さんが連れていかれるとき、扉の隙間から見えたの」

「なに、が？」

時子の深刻な表情を見ていると、否応《いやおう》なしに全身に鳥肌が立つ。

「あの女衒が……山下が、野田さまと親しげに話してた」

「どうして……」

人買いが発覚した山下は、野田の手下に捕らえられてどこかに連れていかれたはず。この屋敷にいるはずがないし、ましてや野田と親しいなんてありえない。

そう思う一方で、ひとつの可能性にたどり着いた。

「……まさか、仲間？」

そう口にした瞬間、紫乃の体はガタガタと震えだす。だとしたら、やはりとんでもないことに巻き込まれているに違いない。

「そうとしか考えられない。ねえ、野田さまが食事を残すとひどく怒るのって……もしかして私たち、毒を盛られているんじゃ」

瞳に不安を宿す時子が、震える声で言う。

「そんな……」

紫乃は絶句したものの、どこかで納得もしていた。四人ともにあっという間に体調を崩し始め、体中に赤いあざが浮かんでいる。野田は日光を浴びていないからだと話していたが、村にいた頃、どれだけ曇天が続こうとも、こんな症状を呈した記憶はない。毒を盛られていると仮定すると、しっくりくるのだ。

「つるさんは……」

もしかしたら元気になって奉公先に行ったなんて真っ赤な嘘《うそ》で、すでに命を落としている可能性もある。菊子も、同じ運命をたどるのかもしれない。

「ここから出られないから、野田さまの話を信じてるだけで……」

どうやら顔をゆがめる時子も、つるの命がついえていると考えているようだ。

「逃げなくちゃ」

紫乃は重い体を引きずるようにして扉まで行き押してみたものの、カタッと小さな音を立てただけでびくともしない。

「なんで、毒なんて……」

山下と野田がひと芝居打って四人をここに連れてきた意味がわからない。竹野内を善人だと思い込ませて、なにがしたかったのか。紫乃たちに恩恵を施すことで人としての株を上げたかったとしても、閉じ込められているのだから、善行を吹聴《ふいちょう》して歩くことも叶《かな》わないのに。

それに殺すつもりであれば、こんな時間のかかる方法をとる必要があっただろうか。

なにもかもが不可解だ。

「野田さまは、食べられないと言っても、必ず味噌汁だけは飲ませてたわよね」

時子が恐ろしいことを言うので、紫乃は自分の体を抱きしめた。

「まさか、味噌汁に毒が？」

「いい？　次の食事のとき、あなたは飲んではだめよ」

「残したって無理やり……」

菊子は髪をつかまれて顔を上げさせられて、口に流し込まれていた。

「私が飲むから」

「そんなことできない」

時子の提案に紫乃は抵抗した。毒だと疑うものを押しつけられるわけがない。

「私が倒れたら、きっとここから出される。そのとき隙をついてあなたは逃げるの」

「そんなの嫌。姉ちゃんも一緒に逃げて」

姉の命を犠牲にして助かるなんて、考えられない。絶対にふたりでここを出る。

激しく首を振って拒否を示す紫乃を、時子は抱きしめた。

「紫乃。あなたには大切な役割があるの。生きなければだめ」

「役割って?」

言い争っていると、外でガタッという大きな音がして、ふたりは扉に視線を移した。

食事が運ばれてきたに違いない。

サーッと血の気が引いていくのがわかる。次の味噌汁を飲み干して生きていられる保証はどこにもないのだ。とはいえ、野田に毒について問いただすのは危険だろう。毒に気がついたと知られれば、殺されてしまうかもしれない。ただ、殺すつもりなら、なぜこんなまどろっこしいやり方をとるのか、どれだけ考えてもわからなかった。

やはり入ってきたのは食事を持った野田だ。

「なんだ、喧嘩《けんか》でもしているのか？　うるさいぞ」

「す、すみません」

時子は紫乃の手を励ますように握り、笑顔を作って答える。しかし息は上がり、体調が悪いからか恐怖からか、カチカチという歯の音を立てていた。

「ふたりとも顔色がよくないなぁ。たくさん食べて元気になりなさい」

毒を盛っているだろうに、平然とそう言える野田が信じられない。

「菊子さんは？」

「菊子は体調が悪化してね。医者に診せたところだ。療養すればじきによくなる」

「姉も、医者に診せていただけませんか？　唇が真っ青なんです」

紫乃は一縷《いちる》の望みをかけて訴えたものの、野田は途端に表情をなくす。

「あのなぁ。医者に診てもらうにも金がかかるんだよ。この程度で医者にかかりたいとは図々《ずうずう》しいにもほどがある。旦那さまにいくら金をかけさせたら気が済むんだ」

不機嫌を全開にする野田を見て、こちらが彼の本性なのだとはっきりわかった。

「ごめんなさい。でも、このままでは死んでしまうんじゃないかと」

あきらめきれずすがりつくと、一瞬野田が笑った気がして身の毛がよだつ。

「死ぬのが怖いか？」

「それじゃあ、うんと食べな。食べて体力を回復させないと、奉公先にも行けやしない」

「……は、はい」

ちゃぶ台に乱暴に食事を置いた野田は、「ありがたく食え」と命じてくる。

紫乃は一旦箸を持ったものの、手が震えてとても器を持つことができなかった。その間に、時子が紫乃の味噌汁をすっと手にしてためらいなく飲んでしまうので、青ざめる。

「姉ちゃん！」

「ごめん、お腹《なか》が空《す》きすぎて、今日だけはちょうだい」

目に涙を浮かべながらも覚悟を決めたような時子は、あっという間に自分の分も口に入れてしまった。その行為に驚いたのか、野田はあんぐり口を開けたものの、かすかに笑みを漏らしている。

「姉ちゃん？」

時子の手から箸がこぼれ落ち、紫乃は目を見開く。

次の瞬間、時子の口から鮮血が噴き出し、激しく動揺した。

「おや、相当体調が悪かったようだな。仕方ないから、姉さんも医者に診てもらおう」

焦る様子すらなく、それどころか笑みを絶やさない野田を見て、やはり自分たちを殺めようとしているのだと確信する。

「姉ちゃん？　しっかりして！」

「逃げて」

紫乃が時子を抱きしめると、体を預けてきた時子は小声でささやく。

「嫌だ。姉ちゃん」

その言葉を最後にぐったりして目を閉じてしまった時子を野田が抱き上げる。

「しょうがないねぇ、歩けないなんて。姉ちゃんはちゃんと養生させるから心配するな。食い意地が張ってるからこんなことになるんだよ」

鼻で笑う野田が憎くてたまらない。

毒を飲ませたことを追及しそうになったものの、ぐっとこらえた。姉が命がけで自分を救おうとしているのだ。逃げなくては。逃げて助けを呼ぼう。

そう決意した紫乃は、時子を抱いて蔵を出ていく野田のうしろ姿をじっと見て、隙をうかがう。

——今だ。

野田が蔵を一歩出た瞬間に駆けだし扉の隙間を抜けると、広い庭を走り始めた。左手奥に門があったはずだと死に物狂いで足を動かす。

「待ちやがれ！　女が脱走した。誰か捕まえろ」

野田の大きな声と、近づいてくる足音。捕まれば確実に殺される。

恐怖に顔を引きつらせながら足を速めるも、熱した鉛でも流し込まれているかのように、毒を盛られた体は思うように動いてくれない。

「キャッ」

門が見えてきたところで、目の前に男が立ちふさがり、ぶつかって転んでしまった。

「まったく、面倒かけさせるな」

チッと舌打ちをして紫乃の腕をひねり上げたのは、女衒の山下だった。やはり仲間だったのだ。

「どうしてあなたがここにいるの？」

「どうしてだろうなぁ。まあ、そんなことお前には関係ないさ」

「連れてこい。姉は始末しておけ」

冷たく吐き捨てる山下に野田が指示をする。

「始末って……」

「あきらめな。もう死んでる」

山下のゾクッとするような冷酷なひと言に、紫乃が顔をひねって背後を見ると、うつ伏せで倒れたままピクリとも動かない時子の姿があった。それに気づいた紫乃の全身の血が煮えたぎる。

「うわぁぁぁ！　姉ちゃんを返せ！」

「うるせぇ」

山下に殴られた紫乃は、気を失ってしまった。


「こいつが残ったのか。絶対に失敗できない。もう少し盛れるか？」

どこかで竹野内の声がする。しかし激しい頭痛と吐き気で、うつ伏せにさせられていた紫乃は目を開けられなかった。

「盛ってみますが、食われる前に死んではまずい。万が一にも天狗に怪しまれたら、我々の命が危ういですから。姉がもう二杯飲んであっさり逝きましたので、あと一杯ならなんとか」

姉は本当に死んでしまったのだと、絶望が広がる。しかも逃げきれなかったと打ちひしがれた。

彼らは、やはり毒の話をしているようだ。しかし、野田が口にした天狗という聞き慣れない言葉を不思議に思う。

天狗など本当にいるのだろうか。天狗を見たという話を耳にしたことすらなく、単なる言い伝えだとばかり思っていた。それに、もし天狗が実在するとして、なぜ自分たちに毒が盛られたのか、さっぱりわからなかった。

「いよいよ今晩だ。頼んだぞ。これに失敗すると、帝都は壊滅する」

今晩、一体なにが起こるのだろう。

紫乃は緊張と息苦しさで必死に呼吸を繰り返しながらも、逃げる隙はないかと様子をうかがっていた。

しかしひとりが部屋を出ていっただけで、まったく隙がない。そのうちその人物も戻ってきてしまった。

「持ってきましたよ。もう味噌汁に入れなくてもこのままでいいでしょう」

山下が毒の話をしていると気づいた紫乃は、体をこわばらせる。

「野田、飲ませろ。殺すなよ」

紫乃をあざ笑うような竹野内の声に、虫唾が走った。

「ほら、飯の時間だ。たっぷり食らえ」

紫乃の肩を持ち上げて仰向《あおむ》けにし、抱きかかえた野田が、唇の隙間に苦いにおいが漂う茶色の液体が入った湯呑《ゆのみ》を押しつけてくる。

「嫌……」

「こいつ、気づいてやがる」

湯呑をはねのけて逃げようとしたが、すぐに山下に捕まってしまった。

「聞いていたなら話が早い」

羽交い締めにされた紫乃の前に、余裕の笑みを浮かべた竹野内が近づいてくる。

「お前にはこれから天狗の餌になってもらう」

「え、餌？」

「そうだ。これを見ろ」

竹野内は紫乃の乱れた髪を引っ張り顔を上げさせ、古ぼけた絵画を二枚掲げた。

その一枚には漆黒の羽を持ち、口から血を滴らせたおぞましい天狗の姿が描かれている。食いちぎられたと思われる人間がごみのように山積みされていて、逃げ惑う男に鋭い爪を突き刺していた。

もう一枚は陰陽師と思われる束帯姿の男が、天狗をなだめて山へと戻す姿があった。

「ここに描かれているのは我々陰陽師の先祖だ。このお方が、天狗を山へと戻して帝都の人々を救ったと言われている。ただし山へと押し返して、結界を張るだけで精いっぱいだったようだ」

竹野内は紫乃の目の前でなぜか手を広げる。

「五百年だ。結界が持ちこたえられるのは五百年だけだと言い伝えられている。その期限が今晩にあたる。だから政府が、私に天狗退治を依頼してきたのだ」

「そ、それなら……あなたがまた天狗を山へと戻して、結界を張ればいいのでは」

先ほど天狗の餌にするようなことを言われたが、退治できるのであれば竹野内が対処すればいい。そもそも餌になったところで、天狗がおとなしく山へと戻るとは思えない。

ごく当然のことを口にしたつもりだったが、竹野内は意味ありげな笑みを浮かべた。

「その力があればな」

「えっ？」

「この天狗が山へと戻ってから、あやかしが帝都を跋扈することはなくなった。我々竹野内一族も、あやかし退治に駆り出されることはなくなり、その方法を知るものがいなくなったのだ」

つまり、竹野内は陰陽師として政府から天狗退治の依頼を受けたものの、すでにその力を失っているということのようだ。

「だったら断れば――」

「竹野内さまに楯《たて》つくとは」

紫乃がもう一度口を開くと、不機嫌な山下がそれを遮り拘束を強めた。

「私は占筮《せんぜい》を生業《なりわい》としているのだ。陰陽師としての信頼を裏切るわけにはいかぬ。それに私が断れば、帝都は血の海になるぞ。よいのか？」

よいも悪いも、できないものはできないのではないだろうか。能力を失ったというのに自信ありげな竹野内が不思議でたまらない。

紫乃がなにも答えないでいると、竹野内は得意げに続ける。

「今日の子の刻に、この天狗が帝都に下りてくる。街にたどり着く前に、お前が食い止めるんだ」

「私が……？」

「そうだ。帝都の人々を救う立派なお役目だろう？」

絵を指で弾《はじ》き、そう吐き捨てる竹野内は、出会った日の優しい顔とはまるで違い、目がつり上がっていた。

彼は抵抗できない紫乃の顎に手を添えて持ち上げる。

「お前の体にたっぷり毒を盛って、天狗に食べていただくことにしたのだ。つまりお前は毒入りの餌というわけ」

竹野内は勝手な言い草を、さもあたり前のように語る。

「餌って……。姉ちゃんたちはどうして殺したの？」

間違いなく菊子もつるも死んでいると思った紫乃は、竹野内をにらみつけた。

「蠱術《こじゅつ》というものを知っているか？」

問われたものの紫乃が黙っていると、竹野内は続ける。

「たくさんの毒虫を同じ容器に入れて互いに食らわせ、生き残った最後の一匹の強い毒を用いて人を殺めるのだ。ただ、お前たちは互いに食らったりはせぬ。だから毒を盛ってやったんだ。毒を最も大量に体に仕込める者を炙《あぶ》り出すためにね」

「ひどい……。人でなし！」

体格や体力などにより致死量に違いはあるかもしれないけれど、たいした違いではないはずだ。間違いなく、他の三人は命を落とす必要がなかった。

「失敗したらこちらの命が危うい。こんなのに襲われたらひとたまりもないだろ。だから最大限に毒をとどめておける人間が必要なのだよ」

竹野内は絵画を紫乃の顔に投げつけた。

「最後にきれいな着物を着せてやるから感謝しな。暗闇でも目立つようにしなくては」

にやりと笑った竹野内が、野田から新たな毒入りの湯呑を受け取る。

「それじゃあな、お嬢ちゃん。帝都の人を救う仏となれ」

竹野内がそう口走ると、野田は紫乃の鼻をつまむ。息苦しくて開いた口に毒が注がれ、吐きだそうとしたのに、口を押さえられてどうにもならなかった。

紫乃の喉が動いたのを確認した竹野内は、「連れていけ」と山下に命じる。

――熱い。胃が焼ける。息ができない。

再び意識を失った紫乃が目覚めたのは、野田と山下が運ぶ座棺の中だった。

いっそ、すぐにでも死んでしまいたいと思うほどの絶望に襲われる一方で、自分の地位を守ることしか考えていない竹野内への激しい怒りが渦巻き、時子たちの無念を晴らすために生きて帰りたいという気持ちが交錯する。

しかし思うように体が動かせず、死を覚悟した紫乃が目にしたのは、あのおどろおどろしい絵とは違う純白の羽を持つ美しい天狗だった。

無能の少女は、あやかしを魅了する

いつもは静かな山道に、鮮やかな緋色の着物を纏った女が倒れていたため、天狗である左京《さきょう》はひどく驚いた。

隣には樽のようなものがあり、女が自分の意思ではなく連れてこられたのだとすぐに察したものの、なにが起こっているのか理解できない。

起き上がることもままならない女が、自分には毒が盛られていると明かし、左京に『あなたは生きて』と口にして気を失ったときは、ますます混乱した。

食らうだのなんだのとほざいていたが、左京に人間を食う趣味はない。ところが誰かわからぬが、毒を盛った女を食らわせて自分を殺めようとしたのだ。

すでに生きることをあきらめているようにも感じる女を抱き上げると、細い腕や首筋に無数のあざのようなものが見え、息が次第に弱くなっていくのがわかった。

盛られた毒で彼女の命が尽きようとしているのだと気づいた左京は、すぐに深い森の奥にある屋敷に運んで手当てを始めた。

なんのかかわりもない人間など放っておけばいいとも考えたが、みずから毒を告白し、左京を生かそうとした女がどうしても気になったのだ。

人間を連れ帰った左京に目を丸くしたのは、火の鳥の颯《はやて》だった。

腕に大きな傷を持つ彼は別の天狗に仕えていたが、わけあって左京の侍従となった。左京より少し背が低く細身ではあるが力はあり、しかも俊敏に動ける。おまけに頭も回る彼は、頼れる片腕だ。長めの前髪から覗く目はいつも鋭く、左京の手足となって働いてくれる。

「左京さま、その女は一体……」

「話はあとだ。とにかく水を大量に持ってこい。それと桶《おけ》も。どうやら毒を飲まされているようだ。吐かせなければ」

「毒？　承知しました」

颯は状況をよく呑《の》み込めていないようだが、それは左京も同じ。なぜ自分に毒入りのいわば餌を差し出されたのか、皆目見当もつかない。

そもそもあやかしと人間は、住まう場所が異なる。一部を除き、ほとんどのあやかしが、人目につかぬよう奥深い山で暮らしている。左京もそのうちのひとりだ。

時折左京たちが住む山中に人間が迷いこむことはあれど、周囲に結界を張り巡らせてあるあやかしの世は人間には見えないはず。

人間と交わる機会があるとすれば、あやかしたちが営む市では手に入らない食べ物を調達しに行くときくらいだ。とはいえ、人形《ひとがた》で赴くため、あやかしだと気づかれたことは一度たりともなかった。

ひと昔前は、人間の住む街に下りていき悪事を尽くして陰陽師と争い、命を落とした者も多くいた。ところが、とある人間の一族が両者の仲を取り持ち、共存する道を選ぶようになったため、今では平穏に暮らしている。

ただ、その一族は滅びたとも聞く。その一方で、以前のようにしゃしゃり出てはこないものの、あやかし退治を得意とする陰陽師は存在している。人間とあやかしの共存に尽力した一族のせいで活躍の場を失い都落ちしたという彼らは、帝都でその能力を発揮できる機会をうかがっているという噂もある。

水の入った壺《つぼ》を抱えた颯は、すぐに戻ってきた。

「水だ、飲め」

壺から湯呑に水を汲《く》み、女を抱きかかえて頬を軽く叩くも、意識は戻りそうにない。

「仕方ない」

左京は水を口に含み、女に口移しで飲ませようとした。

毒を盛られたと話していたが、人間が作った毒ごときにやられるようなやわな体はしていない。おそらくこの女を丸呑みしたとしても、多少しびれるくらいで終わるはずだ。

あやかしが住む山中には、毒なる草木も虫も、いくらでも存在する。幼い頃からそうした環境の中で生きてきたのだから、体が慣れているのだ。

誰が画策して女に毒を盛ったのか知る由もないけれど、この命がけの行為はまったく無駄な努力だといっていい。そんなくだらないことのために、この女の命が尽きようとしていることを不憫《ふびん》に思った。

「口を開くんだ。死ぬぞ」

左京は強引に女の唇をこじ開けて、口移しで水を飲ませ続けた。

最初はほとんどこぼれてしまっていたものの、少しずつ飲めるようになってきたようだ。時々、ゴホッとむせては吐き出してしまうが、かまわず続けた。

しばらく飲ませたところで、女の喉に指を突っ込んで吐かせる。

女は苦しいのか息を荒らげていたが、倒れていたときより呼吸が力強くて安心できた。

「とりあえずこれくらいか」

数回吐かせたところで、女を布団に寝かせる。

青白い顔に少々血色は戻ってきたものの、唇はまだ紫色をしており、全身に散らばる赤いあざは消える気配もない。左京にはなんでもない毒だけれど、人間にはとても強いもののようだ。

「まだ抜けていませんね」

颯も女の腕を見て言う。

「そうだな。すでに全身に回っているのであれば、すべての毒を取り除くのは難しい。しかし呼吸が強くなってきた。目を覚ませばよいのだが」

「左京さま」

訳あってこの屋敷に住まわせている、座敷童《ざしきわらし》の子、手鞠《てまり》の声が廊下から聞こえてくる。

手鞠も、もうひとりいる幼い妖狐《ようこ》の蘭丸《らんまる》も、両親や兄弟を陰陽師に惨殺されてから、人間をひどく怖がる。屋敷に連れてきてはまずかったかもしれないと思いつつ、颯に視線を送った。

「ふたりを頼む」

「承知しました」

瀕死《ひんし》の女を放っておけなかったものの、左京にとって大切なのは手鞠や蘭丸のほう。そんな彼らに恐怖心を与えるのはよくないと思いながらも、どうしてもこの女を放り出せなかった。

颯に人間の住む街に女を置いてこさせることはできても、左京を殺めようとした首謀者に見つかれば、また毒を盛られる可能性もある。そうなれば確実に死が待っているからだ。

女が元気になるまで、子供たちふたりをこの部屋から遠ざけようと考えて颯に任せたのに、障子の向こうから手鞠がひょこっと顔を出し、さらには颯の足元をすり抜けて入ってきた。

手鞠は艶のある黒髪のおかっぱ頭が印象的で、あやかしの年齢でいえば五歳になる。

「手鞠、彼女は人間だ。恐ろしいなら離れなさい」

左京が言うも、いつもなら近くに気配を感じるだけで顔を引きつらせるのに、手鞠は女を挟んで左京の反対側に座り込む。ついてきた蘭丸までも、その隣に腰を下ろした。

「どうした。怖くはないのか？」

「ぜーんぜん」

答えたのは無邪気な蘭丸のほうだ。柔らかな栗毛の彼は、丸い目を一層見開いて言う。彼は手鞠よりひとつ年下だ。

一方隣の手鞠は、興味深げに女の顔を凝視していた。

「人間が、平気になったのか？」

「人間、嫌ぁ」

左京の質問に、蘭丸は思いきり眉をひそめて首が飛んでいきそうなくらいぶんぶんと横に振る。

「この人は平気なんです」

冷静に答えたのは、手鞠だ。

あやかしの一年は人間の十年ほどに匹敵するものの、五歳であれば普通は蘭丸のようなあどけなさが残っているものだ。しかしとある事情から、彼女はこうした大人びた言動を見せるようになった。

「なぜ？」

「なぜなのかは……」

手鞠は首をひねって考え込んでしまった。

桶を片づけた颯が戻ってきて、左京の隣に正座する。

「左京さま」

「なんだ？」

「実は私も、この女から他の人間とは異なるなにかを感じます。嫌なものではなく、どちらかというと近くにいると安心するとでも言いますか……。左京さまはあやかしとしての能力が桁違いにお高いですから、そうしたことには少々鈍感でいらっしゃる」

たしかに、颯の言う通りだ。

左京はいわゆる高位のあやかし。あらかじめ危険を察知せずとも大体のことは切り抜けられる。だから自分の身を守るために常に周囲に気を配る彼らとは少し違うのだ。

「他の人間とは異なる……」

颯に指摘されて、改めて女に視線を送る。そして颯の言葉を繰り返しながら、ハッとした。

「まさか」

人間を過剰に恐れる手鞠や蘭丸までもこれほど近くても平気な顔をし、颯も女から特別ななにかを感じている。しかもみずから毒の存在を明かして、左京を守ろうとした……。

「斎賀《さいが》家の者か？」

左京が心当たりをつぶやくと、颯が反応する。

「斎賀家……。そうであれば納得できます。ですが斎賀家は、陰陽師に滅ぼされたと聞きました」

「そうだな、そう聞いている」

斎賀家とは、あやかしと陰陽師が対立するたびに仲を取り持ち、争いを収めた一族だ。

「生き残りなのか？」

しかし毒を盛られたというのはどういうことなのか、やはり腑《ふ》に落ちない。いや、あやかしも斎賀家の末裔《まつえい》も一挙に殺めようとした陰陽師の仕業《しわざ》か。

「陰陽師が動いているのでしょうか」

「そうかもしれぬ。この女が目覚めればなにか聞けるだろう」

いまだ苦しげに肩で息をする女は、左京に『生きて』とささやいたとき、斎賀の末裔であるというようなことは一切口にしなかった。

斎賀の人間ならば、あやかしに食われる心配などしなくていいはずだ。斎賀一族に命を助けられたあやかしたちは数多く、忠誠を誓っている者がほとんどだからだ。

女自身が、斎賀家の者だと気づいていない可能性もあるが。

「斎賀家が滅びた背景になにがあるか、知っているか？」

今までそうしたことにあまり興味を抱いてこなかった左京は、颯に尋ねた。

「詳しくは知りません。調べますか？」

「頼む」

「承知しました」

颯は早速出ていった。

◇　◇　◇

天狗に食いちぎられて息絶えたと思っていたのに、紫乃は目を覚ました。

しかも絶望の詰まった暗い蔵の中とは違い、立派な格天井《ごうてんじょう》が視界に入る。

綿の入った上等な布団に、畳が八枚ほど敷かれた広い部屋。もしや竹野内の屋敷に連れ戻されたのでは？　と体を起こそうとしたものの、自分のものではないように重く、起き上がれない。

ふと確認してみると、暗闇でも目立つようにと着せられた緋色の着物は脱がされており、長襦袢《ながじゅばん》姿だった。苦しさのあまり掻きむしった長い髪も整っている。

ゆっくり手を上げると、腕にはまだ赤い斑点が無数に見えた。

胃のむかつきは相変わらずだが、焼けるように熱かったのは多少治まっている。口の中の血の臭いは消えていて、ひどく喉が渇いていた。

そういえば、月明かりに照らされて輝く純白の羽を持つ天狗は、夢の中で見たのだろうか。しかし、黒い羽の天狗にも食われることなく、息をしているのが不思議だ。

ふと、鮮血を吐いた時子の姿が頭をかすめる。

「姉ちゃん……」

時子が最後の力を振り絞り、『逃げて』とささやいたあのとき、紫乃の腕をつかんでいた彼女の手から力が抜けたのが怖くてたまらなかった。

ふたりで生き残る道を探したかったのに時子があっさり毒入りの味噌汁を飲んだの

は、すでに自分の死期を悟っていたからのような気がしてならない。

大好きな姉がもうこの世にいないという現実が受け止められず、一旦あふれだした涙が止まらなくなった。

頬の涙を何度も拭っていると、障子が静かに開いていく。

野田かはたまた山下か。天狗を殺められなかった自分はどうなるのだろう、こうして寝かされているということは、また毒を盛られて餌にされるのだろうか、と恐怖に顔をひきつらせた。

しかし、入ってきたのは小さな男女の子供ふたり。紺瑠璃の地に白の蚊絣《かがすり》文様が入った着物を纏った男の子は、少し癖のある栗色の髪が丸顔によく似合っている。

もうひとりは、京紫色の地に麻の葉文様が施された着物姿の女の子。前髪をパッンと切ったおかっぱの黒髪は艶があり、きれいに整えられている。目が大きくて人形のようにかわいらしい。

「あっ、起きた」

にっと笑ってつぶやいたのは男の子だ。

「起きたじゃなくて、左京さまを呼んでいらっしゃいよ」

背が少し高い女の子のほうが年上のようだ。男の子に命じている。

「うん」

男の子は素直にうなずいて、どこかにすっとんでいった。

近づいてきた女の子は、紫乃の枕元にちょこんと座り、鈴を張ったような目でじっと見つめてくる。

「あの、あなたは？」

「私は手鞠。座敷童です」

手鞠は少し首を傾《かし》げて血色のいい頬を緩めながら自己紹介するも、紫乃は目が飛び出そうだった。

「ざ、座敷童？」

「そうです。さっきのが、妖狐の蘭丸。鈍いけど、悪いやつではありませんから」

大人のような口ぶりで語る手鞠は、男の子を妖狐だとあっさり紹介する。

「妖狐って……」

「あれっ、ご存じありませんか？　変化《へんげ》が得意なあやかしです。座敷童はいたずら好きとか言われますけど、私はそんな面倒なことはしません」

あたり前のように語る手鞠だけれど、そもそも妖狐だの座敷童だのが実際に存在するのが信じられず、紫乃は目をぱちくりさせる。

手鞠と話をしているとスタスタという足音が近づいてきて、障子が開いた。するとそこには、蘭丸と背が高く体躯《たいく》のしっかりとした男が立っている。

さらさらの銀髪を高い位置で結い、早朝にだけ咲く露草のような美しい碧い目を持つその男を見て、心臓が止まりそうになった。純白の羽は見えないけれど、あのとき天狗だと口にした男だったからだ。

天狗に座敷童に妖狐。これが夢でないのだとしたら、とんでもない場所に迷いこんでしまった。

逃げなくてはと布団から這い出ようとしたものの、体を起こすことすらままならない。そうしているうちに男が枕元にやってきて片膝をついた。この緊迫した状況にそぐわぬ微笑みを見せる蘭丸は、その隣にちょこんと座る。

「お前は何者だ」

鋭く切り込むような質問に、紫乃の心臓は早鐘を打ち始める。答え如何では、この場で殺められそうな雰囲気だった。

「あ、あのっ……」

震える体にかつを入れて口を開いたものの、恐怖で声が続かない。すると男が先に話し始めた。

「こいつらが怖がりもせずに人間に近づくのは初めてだ」

天狗は手鞠と蘭丸に視線を送って言う。

ということは、やはり彼らは人ならざる者――あやかしなのだろう。

「な、何者と言われましても、農村で育ったただの人間です」

これから自分はどうなるのかと不安いっぱいで、震えながら正直に答える。すると天狗はいぶかしげに紫乃をじっと見ており、信じていないようだ。

「て、天狗とおっしゃいましたよね」

「いかにも」

やはりあれは夢ではなかったのだと、たちまち絶望に包まれる。

「おね……お願いです。人間を襲わないでください。殺し合うなんて無駄なことはやめてほしいのです。なぜ、互いに生きる道を探《さぐ》れないのでしょう」

紫乃は食べ物もなくやせ細り、横たわっていることしかできない弟や、病で苦しむ母の顔を思い浮かべて必死に訴えた。

父や時子とともに、家族が生き残る道を模索してきたのに、自分が殺す側に回るとは皮肉なものだ。

「あなたを殺めようとしたことは、謝罪いたします。本当に申し訳ありません。謝って済むことではないとわかっていますが……もう罪のない者が亡くなっていくところを見たくないんです。勝手な言い分だという自覚はあります。でも、どうか……私の命だけで勘弁してください。私を食らうとあなたまで死んでしまう。だから別の方法で殺して……」

最後は恐怖で涙があふれ、声がかすれてしまった。

横たわったままでこんなお願いをしては失礼だとわかっている。けれど、体を起こそうにも動かないのだ。

自分はどうせ死にゆく存在。この命を差し出せば、街の人々が助かるならそうしたい。紫乃に大切な家族がいるように、街の人々にも大切な人がいるはずだから。

でもそれは、きっと天狗も同じ。天狗が死んでしまっては、彼になついているように見える手鞠や蘭丸が嘆き悲しむだろう。だとしたら、天狗の命も守るべきだ。

心臓が激しく鼓動し、しかしそれを許さんとばかりに強く踏みつけられているような苦しさのある紫乃は、遠のきそうになる意識を必死につなぎとめて強く願った。

このまま死ぬわけにはいかない。人間を襲わないと約束してもらわなければ。そうでなければ先に命を落とした姉たちに、顔向けができない。

「お前を殺す？　断る」

眉をピクリと上げて冷たく言い捨てた天狗は、紫乃に手をかけることなく部屋を出ていった。

毒が体に回っているからか、わずかな間しか意識を保っていられない紫乃は、それからすぐに目を開けていられなくなった。体は鉛のように重く、どうしても眉間にしわが寄る。

　息苦しさは消えず、常に真綿で首を絞められているような感覚だ。いっそ死んでしまいたいのに、わずかな空気だけを与えられて無理やり生かされているような。

　誰かが額に触れている。熱を帯びる体にその冷たい手が心地よくて、ほんの少し呼吸が楽になる。

　この優しい手は誰のものだろう。

　母ちゃん？　それとも姉ちゃん？

　まぶたが重くて、確認することはできなかった。

　再び意識を失った紫乃が今度はなんとか目を開くと、誰かの気配がある。眼球だけを動かしてそちらを確認すると、手鞠が〝左京さま〟と呼んでいたあの銀髪の天狗が、開いた窓の桟《さん》に座り、徳利《とつくり》片手に猪口《ちょこ》で酒を飲んでいた。

　なぜ左京は自分を殺めないのだろう。やはり餌にしたいがため、毒が抜けるのを待ち構えているのだろうか。

　そんなことを考えると、背筋がゾクッとする。

　殺されるそのときを絶望しながら待つのはつらい。いっそ今すぐ殺めてほしい。

　そんな衝動が湧き起こるも、殺してほしいという紫乃の懇願をあっさり拒絶した左京が、もう一度頼んでも自分に手をかける気がしない。

しかし、とにかく苦しい。紫乃は口を開いて必死に空気を貪った。

姉を犠牲にして生き残ったという罪の意識が大きくのしかかり、自分も逝ってしまいたいという気持ちがあるのに、息がしたいという矛盾した感情が同時に存在する。

意識を取り戻すのはつらい。体だけでなく心も痛くて悲鳴を上げている。もう目覚めなければいいのにと思いながら目を閉じると、衣擦《きぬず》れの音がした。

「どうした？　苦しいのか？」

これは左京の声だろうか。一度まぶたを下ろすと簡単には持ち上がらず、そのまま耳をそばだてる。

いや、人間に鋭い爪を立て生き血をすするという天狗の声がこんなに優しいはずがない。幻聴でも聞こえているのだ。

そう思った紫乃は、再び意識を手放した。

次に目覚めたときには、部屋が明るくなっていた。

まだ生きていたという落胆とは裏腹に、息ができる喜びも感じる。感情がぐちゃぐちゃで、自分の本心すらわからないありさまだ。

「起きたー」

紫乃の顔を覗き込んで、にこにこと愛くるしい笑顔を振りまくのは蘭丸だ。隣には、なにも言わないものの目を細める手鞠もいた。

昨晩看病してくれていたのは、このふたりだったのかもしれない。左京が窓のところで酒を飲んでいた気がしたが夢だったのだ、きっと。

ひどく喉が渇いていて、唇がくっつきそうだ。しかし、聞きたいことがたくさんあり、紫乃はガラガラの声を振り絞った。

「左京さまは……どうして私を殺さないの？　毒が抜けてから、食べるつもり？」

幼い蘭丸なら無邪気に答えてくれるのではないかと、思いきって問いかける。いつ殺されるのかとビクビクしているのに耐えられなくなったのだ。

すると口を開いたのは手鞠のほうだった。

「左京さまは、人間の血や肉を好んだりしません。もっとおいしい物がたくさんあるもの。一度も食べたことなんてないはず。なにを聞いたのかわかりませんが、もし人間を襲うとしたら黒天狗ですね」

「く、ろ天狗……」

たしかに、竹野内に見せられたあの絵に描かれていたのは黒い羽の天狗だった。同じ天狗でも、仲間ではないのだろうか。

「白い羽の天狗は、黒天狗の仲間ではないの？」

必死に言葉を紡ぐも、ぐったりしてきた。のどの渇きが加速して、次第に口が回らなくなってくる。

「黒天狗はたくさんいます。でも白い羽を持つ天狗は左京さましか知りません。仲間なのかどうなのか……。左京さまはこの山からはほとんど出ないし、他の天狗に会ったりもされないので。とにかく、左京さまはとってもお優しいんですよ。夜通し看病されていたし」

大人のような口調で語る手鞠だけれど、赤い頬を緩ませて左京について語る姿は、年相応のかわいらしい子供だ。

「夜通し……」

それでは酒を片手に物思いにふけっていた左京は、夢ではなかったということか。

手鞠は左京を『とってもお優しい』と言うけれど、紫乃はにわかには信じられなかった。子供には本性を見せていないだけかもしれないし、優しいと吹き込んでおいて、いきなり殺めるつもりかもしれない。

竹野内を信じて痛い目に遭った紫乃は、どうしても警戒心を解くことができなかった。

「お口痛い？　血が……」

蘭丸が唐突に会話に入ってくる。

唇がかさついて切れているのを見つけたようだ。唇の痛みより体の不調が上回っていて、指摘されるまで気づかなかった。

「ちょっ、と」

正直に答えると、蘭丸は自分のことのように眉をひそめる。優しい子のようだ。

「左京さま、呼んでくる！」

「あっ……」

左京には会いたくないのに、焦ったようにすっ飛んでいく蘭丸を止められず顔が引きつる。

「左京さまが怖いのですか？」

残った手鞠が紫乃の心を読む。答えないでいると、手鞠は続けた。

「怖いですよね、あやかしだもの。でも、左京さまは家族を亡くした私と蘭丸を助けてくださったんです」

「家族を？」

こんなに幼いのに、身寄りがいないとは。紫乃の心は痛む。

「颯さまもそう。だからきっと、あなたも助けてくださいます」

颯という新しい名が飛び出し、まだ他にもあやかしがいるのだと緊張が走る。

左京はどうやら手鞠たちには優しい存在のようだが、紫乃は彼を殺めるために送り込まれたのだ。自分の命を狙った者にまで優しさを見せるわけがない。

しばらくすると、ドサッドサッという重みのある足音が近づいてくる。左京だと思った紫乃は、唇を嚙みしめた。

やがてその音はぴたりと止まり、乱暴に開いた障子の向こうに美しい碧眼《へきがん》を持つ左京が姿を現した。ずかずかと部屋に入ってきた彼は、紫乃を挟んで手鞠の反対側にあぐらをかいて顔を覗き込んでくる。

「まだ顔色が悪い。手鞠、水を」

なんと言われるか身構えていたのに、自分を心配する言葉で拍子抜けした。

「はい」

天狗に命じられた手鞠が部屋を出ていく。

天狗とふたりにはなりたくないと思ったら、蘭丸が入れ替わりにやってきて、つぶらな瞳で紫乃を見つめた。

「左京さま、もう元気になりますか？」

彼は左京の隣に座って着物の袖をつかみ、尋ねている。

「まだだ。もう少し療養しなければ。見てみろ、唇の色が悪い」

蘭丸に丁寧に説明をする左京は、手鞠が言うように優しそうだ。竹野内に見せられたあの黒い羽の天狗とはまるで違い、左京から凶暴さは感じられなかった。

いや、きっと油断させておいて豹変するはずだ。――竹野内のように。

完全にだまされて疑いもせずに蔵にこもっていた紫乃は、警戒心を解いてはならないと気持ちを引き締める。

そもそも竹野内が善人であると思っていなければ、味噌汁の味がおかしいと感じたところで口にするのをやめていたはず。ずっと蔵に閉じ込められていることをさほど疑問に思わなかったのも、自分たちが女衒に見つかれば、竹野内が逆恨みされると納得したからだ。

竹野内は紫乃たちの信頼をあっさり裏切った。芝居まで打って親切な振りをしたのは、紫乃たちになんの疑いも持たせず自分たちに従わせるためだったに違いない。単に農村から奉公先に連れてこられただけであれば、蔵に入れられることを拒否しただろうし、もっと元気なうちから逃げようと画策したはずだ。四人で叫べば、近所の人が気づいてくれたかもしれない。

女衒の振りをした山下が家にやってきたときから壮大な芝居が始まっていたのに、他の三人を失うまで気づかなかったのが悔しくてたまらない。

「どうした？　なぜそんなに難しい顔をしている」

警戒していることを悟られてはいけない。隙を見て逃げなければ。

紫乃の頭の中はそれでいっぱいだった。

「左京さま、お水です」

手鞠が戻ってきて、湯呑を左京に渡す。

「私は左京という。名は？」

「……な、中村紫乃です」

正直に答えるも、先ほどよりうまく口が回らずかすれてしまう。

「中村……。紫乃、起きられるか？」

なぜか苗字を気にする左京は尋ねてくる。整いすぎた顔のせいか表情をまったく変えないからか、冷酷に見えた。

この気の回し方は演技なのか、紫乃を本気で助けようとしているのか。左京の本心がわからなくて戸惑う。

「は、はい」

喉がカラカラで、全身が水分を欲している。体のすべての臓が干からびているようで、今すぐその湯呑をひったくって口を潤したいような衝動に駆られた。

その一方で、ずっと味噌汁に毒を盛られ、最後は湯呑で無理やり毒を飲まされた紫乃にとって、液体は恐ろしいものでしかない。飲みたいけれど飲めない。体が欲しているのに受け付けないというような、矛盾した感情が爆発しそうで、頭を抱える。

「やはりまだ無理か」

起き上がれないでいると、左京がぼそりとつぶやく。そして湯呑を口にして水を含んだかと思うと、紫乃に口移しで飲ませようとした。

「だめ！」

とっさに顔を背けて手で制すると、左京の淡藤色の着物の襟もとから覗く大きな喉仏が上下に動き、水を飲み込んだとわかった。

「ふれ……触れないで。毒が……」

毒で左京を殺めて逃げられるならそうすべきなのに、無意識のうちに拒否していた。つるや菊子……そして時子が次々と命を落としていくのを目の当たりにした紫乃は、もうあの残酷な光景をどうしても見たくなかったのだ。

「私に毒など効かぬ」

「そうだよ。左京さまはもう何度も紫乃さまにお水を飲ませてたもん」

蘭丸があっけらかんと言うので、紫乃は目を見開いた。

「毒が盛られていると聞いたから、水を飲ませて吐かせたのだ」

左京がそんなふうに看病してくれたとは露ほども知らず、ひどく驚いた。殺めようとした相手に、親切にされるとは思ってもいなかったのだ。

しかも、あれほど苦しい思いをして他の三人は命を落としたというのに、天狗に毒が効かないなんて。竹野内たちの無駄な愚行に、はらわたが煮えくり返りそうだ。そして、だまされた自分が情けなくてたまらない。

「ただ、すべてを吐けたわけではないようだ」

「だって……ずっと、盛られ……」

「ずっと?」

左京はいぶかしげな面持ちで、首を傾げた。

どうやら説明を求めているようだが、あの味噌汁の臭いを思い出すだけで胃からなにかがこみ上げてくる。どうしても血を吐いた時子の姿が頭から離れず、視界がにじんできて、左京の姿がぼやけた。

「思い出したくないのであれば、思い出す必要はない。とにかく、水を飲んだほうがいい。人間は水が足りなくなると命を落とすのだろう?」

無理強いをしない左京は、紫乃を起き上がらせて左手で抱き、湯呑を持たせてくれた。

「嫌……。怖い」

しかしどれだけ親切にされても、湯呑から水を飲めない。無理やり飲まされた毒が、体だけでなく心まで蝕《むしば》んでいた。

「まさかこうやって毒を?」

左京は察しがいい。紫乃が小さくうなずくと、すっと湯呑を奪っていった。

「お前たちは出ていなさい」

左京が手鞠と蘭丸に退室を迫ると、ふたりは素直に出ていく。

なにをするつもりかと思ったら、左京は紫乃の肩に手をかけて顔を覗き込んできた。

「私は紫乃に口づけても死なない。ただ、紫乃はこのままでは死んでしまう。お前は私に生きろと言った。ならば私も言おう。……生きろ」

左京の透き通るような碧眼が、紫乃をまっすぐにとらえる。簡単に信じてはいけないのに、この水には毒が入っていないと思いたかった。

再び渡された湯吞を、意を決して口に運ぶ。しかし、毒を飲まされたときの恐怖が鮮明によみがえり、手が震えてどうしても飲めなかった。

すると左京は、湯吞を奪ってもう一度水を口に含み、紫乃の顎を持ち上げて口移しで飲ませようとする。けれど紫乃が口を開かなかったせいで、口の端から漏れてしまう。

「勘違いするな。生きろというのは命令だ」

神妙な面持ちで命を下す左京だが、その内容は紫乃にとってありがたいもので、彼がなにを考えているのかわからない。本当に生かすつもりなのだろうか。

左京は竹野内とは違う。いや、心の中なんてわかりゃしない。

激しい葛藤をするも、「紫乃」と名を呼ばれた瞬間、左京にかけてみたいという気持ちのほうが大きく膨らんだ。

もう一度水を口に含んで近づいてくる左京を、今度は拒まなかった。

喉を伝って胃に落ちていく水が、乾いた砂に吸い込まれていくようだ。しかしその砂はまだ十分に潤ってはおらず、さらに欲しいと叫んでいる。

「それでいい。もっと欲しいだろう?」

左京に問われて、紫乃はうなずいた。飲んでも体に変化はなく、ただの水だと確信したのだ。

湯呑を紫乃に持たせた左京は、紫乃の手に大きな手を添える。絵に描かれた黒い天狗の爪は人を突き刺せるほど鋭く尖《とが》っていたのに、武骨ではあるが長くてしなやかな左京の指は、人間のものと変わりがなかった。

左京は紫乃が湯呑に口をつけると、それを少し傾けた。

胃に入っていく水は、枯れそうだった草花が根に水を与えられ、茎を伝って葉の、そして花の色どりを取り戻すかのように、じわじわと全身に染み渡っていく。

たちまち湯呑は空になり、それを見た左京の頬がかすかに緩んだ気がした。

「今はこれくらいにしておこう」

「ありがとう、ございます」

紫乃はすぐさま頭を下げた。

殺めるはずだった相手に命を救われるとは。天狗というおどろおどろしい存在のはずなのに、緊張で凝り固まっていた心が解かれていくようだ。

張りつめていた気を緩めると、視界がにじんでいく。

「つらいのか？」

「いいえ。ごめんなさい。私……あなたのこと……」

竹野内に強要されたとはいえ、命を狙われた左京にしてみれば謝られても許せないことをした自覚はある。とはいえ、紫乃には謝罪しかできない。

「殺そうとしたことを謝っているのか？」

「はい。身勝手なお願いですが……街で暮らす人々にはなんの罪もありません。どうか人間を襲わないでください」

気だるい体を懸命に動かして正座した紫乃は、時子たちの姿を思い浮かべながら畳に頭をこすりつけて懇願した。

毒が効かないと聞き、それではまるで無駄死にだったと絶望したけれど、せめて時子たちの犠牲が街の者を救うきっかけとなってほしいという一心だ。

それに、万が一帝都だけでなく農村にまで手を出されたら、幼い弟たちまで命が危うくなる。それこそ、母や弟を救うために遊郭に行くと決めた時子や紫乃の覚悟が報われない。

手鞠は、左京は人を食らったりはしないと話していたけれど、どこまで本当なのかわからない。それにもし黒天狗が仲間であれば、左京に止めてほしかった。

「襲うとはなんの話だ。人間に興味などない。人間が私たちあやかしを恐れて嫌っているのは知っているが、だからといって危害を加えようなど、一度たりとも考えたことはないぞ」

「……手鞠ちゃんが、黒天狗がいると話していましたが……」

竹野内たちは紫乃を置いていく場所を誤ったのかもしれない。人間を襲う天狗は他におり、そちらを殺めるべきだったのだ。なにせ、羽の色が違うのだから。

少し興奮気味に尋ねたものの、そのまま畳の上に倒れてしまった。ほんのわずかな間しか自分の体を支えていられず、思うように動かせない。それにやはり息が苦しくて空気をうまく取り込めていないのか、頭痛が激しくなってくる。

すると左京は、はぁっと小さな溜息を吐きながら、紫乃を抱き起こして布団の中に戻した。

命を狙われただけでなく、手間ばかりかけられてあきれているのだろう。

「黒い羽を持つ天狗はたしかにいる。いや、私以外の天狗は皆、羽が黒い。ただし、この山には住んではいないけどな」

「絵が……」

「絵？」

「帝都の人間を襲う黒い羽の天狗が描かれていて……。陰陽師が天狗を山へと押し返し、結界を張ったとか。でもその結界の効果がなくなる五百年後のあの日、再び天狗が街に下りてくると」

紫乃は左京に竹野内から見せられた絵について打ち明けた。

「なるほど。その天狗を食い止めるために、お前に毒を……。少々気の荒い天狗の一族が筑波山《つくばさん》にいる。その一族の誰かと人間の間に争いがあったのは事実かもしれない。だが、結界を張ったとかそれが切れるとかいうのは、人間の勝手な空想ではないのか？」

「空想？」

「そうだ。この高尾山はおろか、筑波山にもそのほかの山にも、人間が張った結界など存在しない。逆に、人間から見えなくするために我々が結界を張っているくらいで、帝都に行きたければいつでも行ける」

「そんな……」

「荒れ狂う天狗をなだめたのは、陰陽師ではなく別の人間ではないか。陰陽師はその手柄を横取りしただけ。五百年というのも、陰陽師が自分を大きく見せるためのただの虚言だろう」

左京は確信めいた言い方をする。

彼の予測が正しいならば、ただの空想のせいで姉たち三人が苦しんで命を落としたことになる。紫乃の顔は悔しさのあまりゆがんだ。

「どうした？」

「姉が……私の代わりに死んだのです。姉だけじゃなくて――」

左京が悪い者ではないと感じ始めている紫乃は、竹野内たちの悪行をすべてぶちまけた。

「なんという……。信頼させておいて落とすとは」

「私たちが浅はかだったのでしょうか。遊女にならずに済むと竹野内に感謝までして……。だから素直に蔵で暮らしたし、調子を崩して先に出ていったつるさんや菊子さんが元気になって奉公先に行ったと聞いて、私たちもと希望まで抱いて……」

竹野内たちの裏の顔をまったく見抜けなかった自分が情けない。ただ、助けてもらったという恩があったので、疑うことなど微塵《みじん》も考えなかった。それが甘かったのかもしれない。

「私は、姉を犠牲にして生き残ってしまった……」

もちろん、悪いのは竹野内たちだ。けれど、毒入りだと勘づいていた味噌汁を、紫乃の分まであおった時子に、申し訳ないという気持ちしかない。

「紫乃が罪の意識を感じる必要はないのではないか」

「でも、私の分まで飲まなければ、時子姉ちゃんは生きていたかも……」

紫乃が先に毒に気づいて時子の分を奪えばよかったと思うのは、心が疲弊しすぎていて正常に物事を考えられないからだろうか。大好きな姉を犠牲にするくらいなら、自分が逝けばよかったと思えて仕方がないのだ。

「時子は今頃満足しているだろう」

「満足?」

考えてもみなかった言葉に、紫乃は驚く。

「ああ、紫乃がこうして生きているのだからな」

左京は優しい天狗で、紫乃を助けてくれるという手鞠の話は、本当なのかもしれない。

「颯」

左京が部屋の外に向かって誰かを呼ぶ。すると障子の向こうから「ここに」と声がした。

「帝都の街に下りて、陰陽師を名乗る竹野内という男を調べろ」

「御意」

タタタッという軽快な足音がして、颯と呼ばれた男が去っていった。

「颯さんとは?」

「私の侍従で、火の鳥だ。有能なやつだから、きっちり調べてくるはずだ」

食いちぎられると恐れていた天狗と穏やかに話をしているなんて、夢でも見ているかのようだ。しかし、話せば話すほど、悪いあやかしではないと感じる。

「……紫乃、その竹野内とやらが憎いか？」

左京に端的に問われて、一瞬どきりとした。心の中に渦巻き今にもあふれてきてしまいそうな憎悪と憤怒の念を指摘されたからだ。

毒殺されそうになった左京にしてみれば、そうした気持ちを紫乃に向けたとしてもおかしくはない。だから、紫乃にそんな気持ちを抱く権利はないとあざ笑われるのではないかと、返答に困った。

「大切な姉と仲間が死に、お前自身もこれほど体をぼろぼろにされて、憎くないわけがないな」

「でも私は……あなたに同じことをしようとしたのです。恨まれても殺められてもなにも言えません」

紫乃の目尻から涙があふれ、布団に吸い込まれていく。

一体なにが悪かったのだろう。

母や弟たちを腹いっぱいにさせてあげたくて必死に働き、遊郭に身を落とす覚悟までしたのに、罪を犯す側の人間になってしまった。左京は『生きろ』と言ったが、この先、どう生きていったらいいのかわからない。

「なるほど。恨まれても殺められても、か」

左京が紫乃の言葉を繰り返すので、緊張が張り詰める。

やはり、紫乃に対して強い憤りがあるのだろう。しかし当然だ。今すぐ息の根を止められても文句は言えない。それなら、いっそひと思いに殺してほしい。

そう考えていると、左京が手を伸ばしてきて紫乃の目尻に溜《た》まっていた涙をそっと拭った。その表情からは怒りは読み取れず、それどころか穏やかでどこかホッとできるような温かさを感じた。

「たしかにお前は、私を殺すために来たのかもしれない。だが、毒を体に仕込んだのも、この山に来たのも、お前の意思ではないのだろう?」

それは許すと言っているのだろうか。

なんと寛大なのだろうと驚き左京を見つめると、視線が絡まる。

「そもそも紫乃の命のほうが危うかったのだ。吐かせたが、全身に回っている毒は簡単に抜けそうにない」

「私はもういいのです。姉ちゃんたちだけ逝かせてしまった……」

生きたいという気持ちと、もう死すべきだという気持ちが交錯して混乱する。

「私は生きろと言ったはずだ。この屋敷では私の命は絶対だ。逆らうことは許さん」

左京は眉をつりあげ、強い口調で紫乃に申しつける。

「竹野内という男。陰陽師としての力を失っているのだな」

「はい。そう話していました。今回も天狗の暴挙を止めるようにと政府から指示されて困り、それで私たちを毒の餌にしようと思いついたとか」

紫乃が聞いた話をかいつまんで伝えると、左京は視線を鋭く尖らせてうなずいた。

「ひと昔前までは、幕府のお墨付きで陰陽師が暗躍していたが……。陰陽師といっても多くの家門がある。我々あやかしと対峙《たいじ》する力を持つ者もいれば、名ばかりでたいした能力を持たぬ一族もいたとか。竹野内家は後者だったのだろう。しかし、自分を大きく見せたいがゆえ、力のなさを認めようとしなかったのではないか」

たしかに、あやかし退治の力を持たぬことを黙っておけば、政府からも頼られるような存在でいられるのだから、その地位を守りたかったに違いない。

竹野内が自分の名誉を守るために、時子たちの命を軽《かろ》んじたのは到底許せるものではない。名誉と命のどちらが大切なのかなんて、子供でも答えられるはずだ。

「そんな見栄《みえ》のために、姉ちゃんたちが亡くなったなんて」

紫乃が無念の思いを吐き出すと、左京は難しい顔でうなずいた。

「とにかく紫乃はもう少し休め。目を閉じろ。これは命令だ」

左京は声を鋭くして再び命令だと言うけれど、どれもこれも紫乃にとってはありがたいものだった。

もう、彼を信じてしまいたい。裏切られるかもしれないと戦々恐々しているのは思いのほか苦しいのだ。

「颯に毒についても調べさせるから、耐えるんだ」

左京はそうささやき、紫乃の目に大きな手を置いてまぶたを閉じさせた。


目覚めると、あたりがすっかり暗くなっている。

体のだるさは相変わらずで、まだ熱もあるようだが、息苦しさは多少ましになってきた。

——生きられるんだ。

姉たちへの罪悪感から死んでしまいたいとも思ったけれど、死に抗いたいという強い気持ちが残っているらしい。

喉の渇きを覚えて身じろぎすると、隣に自分を見つめるふたつの目があって、過剰なまでに驚いた。

「あっ……」

「起きたか」

吸い込まれそうなほどに美しいその目は、隣に横たわっていた左京のものだ。もしやずっとついていてくれたのだろうか。

「はい。ごめんなさい」

「お前は、なにか悪いことをしたのか？」

起き上がった左京は、少々冷たく言い放つ。

「いえ」

紫乃が首を横に振ると、彼は用意されていた土瓶から湯呑に水を注いだ。

「飲め」

「ありがとうございます」

あまり表情を崩さない左京の物言いは冷酷に感じるも、その行動は優しい。

紫乃は起き上がろうとしたけれど、まったく力が入らなかった。自由に動かせるのは腕と頭だけで、毒の回った体は思いのほか重症のようだ。

行灯に明かりを灯した左京は、紫乃を抱き起こしてくれる。そしてまた湯呑を持たせて、落とさぬよう手を添えてくれた。

抱かれているような姿勢が恥ずかしくてたまらないが、こうしてもらわなければ水を飲むこともままならない。

生きながらえたものの、一生このままだったら……と、今度は別の不安に襲われる。

左京は紫乃の口に湯呑を運んで傾けてくれた。

「ありがとうございました」

「ああ。なにか食べたほうがいい」

空腹には慣れている紫乃だが、左京が毒を吐かせてくれたようなので、胃が空なのだろう。さすがになにかを欲《ほっ》するも、吐かずに食べられる自信がない。

「先ほど颯が戻ってきて、白米を大量に手に入れてきた。食べられそうならば調理させるが」

「白米？　そんな高価な物を？」

貧しい農村では、白い米が食べられることはほとんどない。麦か粟《あわ》ばかりで、それすらなかったのだから。

「竹野内の家に潜入したようだが、たくさん置いてあったから拝借してきたとか」

「潜入したって……」

潜入して無事で帰ってこられたことに驚きつつ、ついでに米を持って帰る颯の度胸がおかしくもある。

「毒が入っていないか調べたが、米は問題ないようだ」

「はい。多分毒は味噌汁に。それに、私たちが食べていたのは米ではなく麦でした」

あの蔵での食事に白米が出たことは一度もない。それでもまともに食べていなかった紫乃たちにはありがたかったが、竹野内たちは白米を食していたのだろう。

「そうだったか。颯が毒のような液体が入った壺も見つけたようだ」

「まだあるなんて……」

紫乃は眉をひそめた。今後また、自分たちと同じ思いをする者がいたらと怖くなったのだ。

「明日の夜、竹野内家に向かう」

「どうしてですか？」

意外な発言に、紫乃は少し慌てた。

「私を怒らせたらどうなるか、思い知らせてやる」

左京は紫乃の肩をしかと抱き、まっすぐに見つめてくる。

「お前も連れていってやろう」

「私、も？」

「腹の中にある怒りを、みずからぶつけるがいい」

左京の心配りに驚き、すぐに言葉が出てこない。

「だから約束しなさい。お前は生きろ。姉はそう望んでいるはずだ」

「姉ちゃんが……」

たしかに、紫乃を生かすために時子は毒入りの味噌汁を飲み干した。自分の代わりに死なせてしまったという罪の意識が強すぎて、逝かなければという気持ちが働いていたけれど、冷静に考えると時子は自分を生かそうとしたのだから、続いてほしくなんてないはず。そんなことにも気づけないほど、心がくたくたになっていたようだ。

「……約束します。私……生きたいです」

紫乃はようやく本当の気持ちを叫ぶことができた。

もしかしたらこの不自由な体は一生このままかもしれない。しかし、もう生きることをあきらめたりはしないと強く心に誓う。

「わかった。紫乃は元気になれ。それがお前にできる一番の復讐だ」

「はい」

左京の力強い言葉に、紫乃は大きくうなずいた。

生きるためならなんだってやる。時子が守ってくれたこの命を、簡単に手放したりはしない。

まさか、殺めようとしていた相手に未来の希望をもらうとは、思いもよらなかった。

紫乃の返事に満足そうな顔をした左京は、紫乃を再び布団に寝かせると、一旦部屋を出ていった。

やはり体が重く、すぐに眠り込んでしまう。目覚めると、太陽がすでに西に傾きかけていたので驚いた。随分長く眠っていたようだ。

紫乃が目覚めるのを待ち構えていた手鞠と蘭丸が、左京と颯に起床を知らせたようで、しばらくすると颯が粥《かゆ》を運んできた。

「こんなおいしいもの、初めて食べました。ありがとうございます」

颯が作ったという白米の粥は、ほんのり甘くて思わず笑みがこぼれる。

心配げに紫乃を見つめる颯にお礼を言うと、彼は安心したように口角を上げた。

鋭い目に筋肉質な腕を持つ彼が、これほど繊細な味の料理をこしらえるとは、正直意外だった。料理や洗濯といった家事は普通女の仕事なので、男が台所に立つことはないし。

けれども、食べることが好きで料理も苦にならないらしく、とてもうまくできている。

思えば、小作人は収穫の多い年も取り立てがきつく、白米を食べたのなんてほとんど記憶にない。ただ、近所の人が『中村さんの家は、紫乃ちゃんが生まれてしばらくは、裕福な暮らしをしていたんだよ。でも盗人が入ってね、貯《た》めた財産を全部持っていかれてしまったみたいだ』と話していた。

どうやら父は、その金で土地を買うつもりだったらしいがそれもできなくなり、小作人としてずっと貧しい暮らしを強《し》いられてきたのだ。

その金がどうしてあったのか、紫乃は知らない。小作人の生活では、いくら豊作に恵まれても土地を買うほど貯めるというのはなかなか困難なのに。

「紫乃さま、おいしい？」

「うん、おいしいよ。蘭丸くんは食べたの？」

長く座っているのがつらいため、壁にもたれて足を投げ出したままという、とても行儀の悪い姿勢ではあるけれど、誰もとがめたりはしない。

匙《さじ》を持つ手に力が入らなくなってくると、手鞠が支えて口まで運んでくれる。まるで幼い子に食べさせてもらっているようだ。

「食べたよ。おいしかった」

蘭丸の返事に合わせて、手鞠もにっこり笑っている。

しばらくすると、左京がやってきて眉をひそめた。

だらしない食事風景が気に食わないのか、幼い手鞠に手伝わせていることに腹を立てているのか……と緊張が走ったそのとき、左京が口を開く。

「お前たち、そんなに見ていては紫乃が食べにくいだろう。他の部屋に行っていなさい。颯も、もう大丈夫だ」

「はい。なにかあればお呼びください。手鞠、蘭丸」

紫乃に興味津々らしい子供たちを、颯が少し強引に引っ張っていった。

「急に多くは食べられないだろう」

左京が子供たちを部屋から出したのは、紫乃がそれ以上食べ進められないと察してのことだったらしい。彼は紫乃の手から匙を取り上げた。

白米を残すなんて贅沢《ぜいたく》で気が引けるが、毒で臓がやられているらしく、これ以上胃に入れるのは難しい。けれど、手鞠の親切心を無下にするのがはばかられて、断れないでいたのを見透かされていたようだ。

「せっかく作っていただいたのに、本当に申し訳ありません。それに食べたり飲んだりするたびに、こんなお手間を。自分でなんとか――」

「できないのだから、仕方がない」

いちいち座らせて食べさせたり飲ませたりなんて、手鞠や蘭丸より手のかかる子供のようだと断ろうとしたが、左京は紫乃の言葉を遮った。

「颯が竹野内の家で見つけた毒の臭いから、とある草を煎じたものではないかと思っている。その草の毒を体に入れると、臓が焼ける。それだけでなく、血に溶け込んで体の隅々まで回り、肌には発疹《ほっしん》ができ、力が入らなくなる。まさに今の紫乃だ」

「……治らないのですか？」

死んでも構わないと思っていたのに、今はそんな質問がするりと口から出てくる。

左京と生きる約束をしたから――。

「この毒は簡単には体から抜けてくれない。ただ、方法がないわけではない。少し時

『方法がないわけではない』ということは、解毒《げどく》できる可能性があるにはあるが、難しいと言っているも同然だ。けれど、左京がその方法を探ってくれようとしているのがありがたい。地獄から救ってくれた彼に、すべてをゆだねようとうなずいた。

「間をくれ」

「紫乃は、農村で育ったと話していたな」

紫乃を布団に寝かせた左京が口を開く。

「はい」

「中村という姓だと」

「その通りです。なにか？」

そういえば、初めて名乗ったときも、左京はなぜか苗字に引っかかっている様子だった。

左京はそれきり黙り込み、なにかを考えているようだ。

「姉や私が生まれる前は、苗字を名乗っていなかったようです。政府から平民も苗字を名乗るようにというお達しがあって、父がつけたとか。村の真ん中あたりに家を構えていたので、中村と」

だから特に深い意味などないはずだ。

「そうか……。では、斎賀という名を聞いたことはないか？」

「斎賀？　いえ、知りません。斎賀さんがどうかされましたか？」

　初めて聞いたはずなのに、なぜか懐かしいような気がして不思議に思う。

「紫乃は、斎賀家の者ではないかと思ったのだが……」

「なぜですか？」

「斎賀家とは、あやかしを魅了し服従させられる一族なのだ」

「魅了？」

　あやかしを服従させられる人間がいるとは、驚きしかない。

「そうだ。斎賀一族は、あやかしの心を惹《ひ》きつけて信頼を得るという〝魅了〟の能力を持つ」

　左京はその力を紫乃が持っていると言いたげだが、まったく心当たりがない。

「その昔、あやかし退治を命じられた陰陽師とあやかしの間で争いが起こり、双方に多数の犠牲者が出た。大切な仲間や家族を亡くしたことで憎悪が募り、収拾がつかなくなり長らく争いは続いた。ところが斎賀家が魅了の力を使ってあやかしたちを従わせ、陰陽師を説得して事態を収めたのだ」

　あやかしと陰陽師の仲を取り持った一族がいたなんて、初耳だ。毎日食いつなぐだけで精いっぱいの農民が、そんなことを気にかける余裕がなかっただけかもしれないが。

「どうやら人間は、それを陰陽師の武勇伝として語り継いでいるようだが」

「……あの絵の？」

　あの絵について話したら、左京は『荒れ狂う天狗をなだめたのは、陰陽師ではなく別の人間ではないか。陰陽師はその手柄を横取りしただけ』と語っていた。つまりは、あの場を本当に収めたのは斎賀家の者かもしれないということだろうか。

「ああ。お前が見たというその絵は、陰陽師が自分たちの力を誇示したくて描かせたものだろう。実際は斎賀家が仲を取り持ったと思っている」

「そうだったんですね……」

「その頃、陰陽師に家族を殺されたあやかしの子供たちがあふれていたが、斎賀の者がとある山の山腹に屋敷を構え、面倒を見たとか。斎賀一族は、人間ではあるが陰陽師側というわけではなく、無駄な命が損なわれることを嘆き、中立を保ったのだ。その結果、あやかしはますます斎賀家の者に魅了され、忠誠を誓うようになった」

「忠誠って……人間に？」

「そうだ。そもそも人間とあやかしは相容《あいい》れない存在。しかし、斎賀一族だけ特別なのだ」

　あやかしがこの世に存在することですらつい最近知ったばかりなのに、あやかしたちに受け入れられている人間の一族が存在するとは。

混乱する紫乃は、言葉が出てこない。

「ところが、あやかしの肩を持つ斎賀家の存在を邪魔に思う陰陽師一族が、斎賀の末裔を手にかけて滅ぼしたと噂されていた。だが……」

左京は紫乃に意味ありげな視線を送る。

「私がその生き残りだと？」

「そうだ」

左京は相槌《あいづち》を打ったあと、窓の外の紅霞《こうか》を見つめる。

「日本のあちこちの奥深い山に、数多《あまた》のあやかしが潜んでいる。斎賀家のおかげで人間とあやかしが、互いの領域を侵さぬよう暮らし始めたのだ」

「他にもたくさんあやかしがいるのですね」

竹野内にあのおどろおどろしい絵を見せられるまで、あやかしについて考えたことすらなかった。しかし目の前に左京が現れ、手鞠や蘭丸、そして颯までいるのだから、もうその存在を疑いようがない。とはいえ、他にもまだたくさんいるとは、驚きだ。

「そうだ。仲間同士つながり合って一緒に生活する者が多いが、私はわけあって長い間ひとりで暮らしていた。颯たち以外はほとんど寄り付くこともなかったのだが……」

左京はそこで言葉を止めて、紫乃に視線を移す。

「なにか？」

「紫乃がここに来てから、屋敷の周辺にあやかしが集まり始めた」

「えっ……」

どういうことなのかよく理解できず、首を傾げる。

「それに、手鞠や蘭丸は人間をひどく嫌っているのだが、なぜか紫乃にはべったりだ。颯も、紫乃は他の人間とは違うと話す」

「他の人と違うと言われましても……」

そんな指摘をされたのは初めてで、戸惑いしかない。

「無自覚だろうが、紫乃には斎賀家の人間に備わる〝魅了〟の力があるのではないか。だからあやかしが集まってくるのだと」

「まさか」

斎賀家など知らないし、そんな力を感じたこともない。

「お前は本当に中村家の人間か？」

そう問われても、とっさに答えられない。もし斎賀家の血を引くならば、父と母の子ではなく、姉や弟たちと血のつながりがないということになるが、そんなことは考えたこともないからだ。

「あっ」

「どうした？」

小さな叫びを左京に拾われて、目を泳がせる。

「……ふたつ違いの姉と、まったく顔が似ていないと村の人からよくからかわれていました。姉は父に似ていて、弟ふたりは母似だったのですが、私だけ違うと。でも、そんなことはよくあることでしょう？」

自分が中村家の娘でないなんて信じられず、否定したいあまりにむきになる。

「紫乃が中村家の一員ではないと言いたいわけではない。たとえ血がつながっていようが、家族とはとても言えない関係もあるからな」

左京は憂いを漂わせた表情で語る。それがどうしてなのか、紫乃にはわからなかった。

「ただこの状況、そうではないかと思ったのだ」

左京は紫乃を苦しめたいわけではなく、単に現実を見て可能性を口にしただけ。それなのに興奮しすぎてしまったと反省した。

「そのうち真実がわかるだろう。まずは今宵《こよい》だ」

今宵とは、竹野内の家に乗り込むことを指しているはずだ。

「危険ではないのですか？　左京さんにまでなにかあったら……」

竹野内は野田や山下を使って、すでに三人も殺めている。陰陽師としての地位を守るためなら、どんな悪行でも厭《いと》わないという姿勢を感じた。彼まで命の危険にさらされるようなことがあってはと心配になった。

「ただの人間ごときに殺められるほどやわではない」

左京がどんな力を持つのか知らないけれど、あの黒天狗の絵が実際に起こったことであれば、人間が束になってかかったところで倒せるわけはなさそうだ。とはいえ、竹野内たちは悪知恵が働くためどうしても気になる。

「でも……」

「私には仲間がいる。いや、正確には紫乃にだ。おそらく屋敷の周りに集まったあやかしたちは、紫乃のために働くだろう」

それが斎賀家の魅了の力なのだろうけれど、紫乃はまだ自分が斎賀家の生き残りであることも、そんな不思議な力を持つかもしれないことも、信じたわけではなかった。

「紫乃は私が守ろう。お前は竹野内への怒りをぶつけるだけでいい。姉たちのことは残念だが、生きると決めたからには前を向かねばならない。それがどんなに大変なことかわかっているつもりだが……」

眉をひそめる左京は、自身もなにか心に傷を抱えているように感じる。挫折をして、それでも顔を上げて生きてきたのではないだろうか。だから紫乃にもそうしろと。

「紫乃がもし斎賀の血を引くのであれば、あやかしにとっても人間にとってもかけがえのない存在だ。紫乃が私たちの未来を握っていると言っても過言ではない」

のだろう。


「そんなに……」

魅了の力を持つ斎賀家は、それほど貴重な存在なのだろうか。斎賀家についてまったく知らないため、今ひとつしっくりこないものの、左京がそう言うからにはそうなのだろう。


「……手鞠」

左京は手鞠を呼ぶ。

「はい、なんでしょう」

「はぁーい」とかわいらしい反応をする蘭丸とは違い、相変わらず大人びた雰囲気の手鞠だけれど、勢いよく障子を開けて入ってくる。どこか子供らしさも残っていて、微笑ましく思う。

「紫乃に着物を」

「かしこまりました」

てでっと駆け出ていく手鞠は、障子を閉めることなど頭から飛んでいるようだった。

「まったく。何度教えても身につかん」

左京は、仕方なく自分で障子を閉めに行く。

「まだ幼いですもの。でも、蘭丸くんとは違ってどこか冷静というか……」

「手鞠はそう強いられてきたのだ。物わかりのいい振りをしていなければ生きられなかった」

「生きられなかった？」

「いや。着物が来るまで少し待ってろ」

左京は返答を濁して出ていった。

左京もそうだけれど、手鞠にも訳ありの過去がありそうだ。いや、もしかしたら颯も明るい蘭丸も……。

皆それぞれ傷を抱えながら力強く生きているのだと思ったら、紫乃も踏ん張らなければと強い気持ちを抱いた。

ほどなくして手鞠が持ってきたのは、上品な浅蘇芳《あさすおう》色の真新しい着物だった。てっきり餌となったあの日に、目立つようにと纏わされた緋色の着物だと思っていたので、拍子抜けした。

「これは？」

紫乃が問うと、手鞠が頬を緩めて笑う。

「きれいでしょう？　颯さまが市で手に入れてこられたのです。ついでに私と蘭丸の着物も買ってくださって」

上機嫌な手鞠は、自分が纏う着物に視線を送る。紅梅色の着物は、新しい物のようだ。

「すごくよく似合ってるわ」

梅の花びらのような明るいその色が、かわいらしい顔を引き立たせている。紫乃が暮らしていた村では、とても手に入らないような代物だ。

「本当ですか？」

「ええ。梅の花を全身に散らしたみたいで、とっても素敵ね」

ふと大人になった手鞠が梅の木の下でたたずんでいる様子が頭に浮かんで、笑みがこぼれる。

「そう、ですか？」

いつも落ち着いている手鞠だが、頬を赤らめてもじもじしだした。照れているようだ。

「し、紫乃さまも着てください。きっとお似合いになりますから。お手伝いします」

それから手鞠は慣れた手つきで、座ったままの紫乃の着替えを手伝ってくれた。纏った着物は肌なじみがよく、一体いくらするのだろうと心配になるほどだ。

「市って、帝都の？」

「いえ。近くの山にあやかしたちが集《つど》う市があるのです。とてもにぎわっていて、置いてあるものも人間の街とあまり変わりませんよ。時折颯さまが連れていってくださるのですが、楽しくて」

手鞠の顔がほころんだのを見て、素敵な場所なのだろうと想像できた。

「そう。行ってみたいわ」

「元気になったら行きましょう。蘭丸は食べ物ばかりでつまらないんです」

あやかしだらけで自分には恐ろしい場所だということを忘れて、紫乃は思わず『行ってみたい』と漏らした。けれど手鞠の顔に喜びが満ちているので、うなずいておく。

「失礼いたします」

「はい、どうぞ」

手鞠と話していると、颯がやってきた。

「颯さま、裾を整えたいのです。紫乃さまを立たせていただけますか？」

手鞠が颯に頼むと、笑顔で了承してくれる。

「お手数をおかけして、申し訳ありません」

長い時間座っているだけでもひと苦労で、立ち上がるのには手を貸してもらわなければならないのが情けない。

「お気になさらず」

「お着物、わざわざ新調してくださったようで、ありがとうございます」

颯に支えられて立っている間に、手鞠が手早く着物を直してくれる。

「ここに来られたときの着物ではお嫌でしょうからと、左京さまが」

「左京さまが？」

左京はそんなことはひと言も漏らさなかったのに。忌々《いまいま》しい経験をしたあの日のことを思い出すと、首を絞められているような苦しさがよみがえってくるとわかっているかのようだ。

「はい。左京さまは少々ぶっきらぼうと申しますか……。長い間おひとりで過ごされていたので、他の者とのかかわり方がお上手ではなく……」

「なにか言ったか？」

廊下から左京の声が聞こえてきたため、颯がギョッとしている。

「い、いえ。どうぞお入りください」

颯が声をかけると、青褐《あおかち》色の着物を纏い、いつものように髪を結った左京が姿を現した。

渋い色の着物を着こなしてはいるけど、銀髪に碧い目を持つ彼は、いつも纏っている淡藤色のような明るい色の着物のほうが似合う気がする。しかし、もちろん余計なことは言わないでおく。

「左京さま、お着物をありがとうございました」

「ああ、構わん」

「そういうところですよ」

颯が口を挟むと、左京は眉をひそめた。

「なにが言いたい」

「素直に、よくお似合いですとおっしゃればいいのに」

もしや颯は、自分の着物姿を褒めろと左京に要求しているのだろうか。

「いえっ、颯さん……あっ」

図々しすぎると焦ったせいで、体がふらつき倒れそうになったところを、左京に抱きとめられた。

「気をつけなさい」

「申し訳ありません」

迷惑をかけ通しで心苦しい。

紫乃は即座に離れようとしたのに、腰を支える力が強くてできなかった。

「あれだ」

「はいっ？」

「似合っている」

左京らしからぬ弱々しい声での褒め言葉に、颯は肩を震わせて笑っている。けれど抱きしめられたままの紫乃は、それがお世辞だとわかっていても、恥ずかしすぎて心臓が口から出てきそうだった。

「あ、ありがとうございます」

無理に言わせたようで、これまた申し訳ない。

「準備は整ったか？」

「はい」

手鞠がうなずくと、左京は紫乃をいきなり抱き上げる。

「えっ？」

「私が抱いていく」

たしかに、まともに立つことすら難しい体では、奥深い山から自力で下山できない。

とはいえ、左京が抱いて連れていってくれるとは想定外で、不自然に目を泳がせる。

「すみません。足手纏《あしでまと》いですね」

「お前は今、体を自由に動かせぬ。しかし話せる」

「はい」

「竹野内に思いの丈をぶつけろ。できることをすればいい」

左京は紫乃に精いっぱいの反論をさせようとしているのだ。

「そうします。姉ちゃんの無念は、私が」

「ああ。それでは参るぞ」

左京は颯に目で合図を送った。

夜の厚みが重なり合ってきた頃。紫乃は、左京に抱かれて屋敷を出た。

純白の羽を大きく動かしながら大空を舞う左京の風になびく銀色の髪が、月明かりに照らされて輝いている。深い藍色の夜空に、彼の碧い目が映える。その瞳は、次への道を示す灯火のようにすら思えた。

空を飛ぶのが初めての紫乃はおどおどしていたが、左京が力強く抱いていてくれたため落ち着いた。

眼下に見える左京の屋敷は平屋で、農村で暮らしていてはまずお目にかかれないほど立派だ。

体を思うように動かせないためずっと同じ部屋で過ごしているのだが、いつか歩けるようになったら隅から隅まで覗いてみたい。

屋敷の周囲は高い塀で囲まれていて、他者を寄せつけないような威圧感がある。左京曰《いわ》く、紫乃が屋敷に来てからこの塀の外に、高尾山に住まう多くのあやかしたちがうろつくようになったのだとか。

いまだ自分が魅了という特殊な力を持つ斎賀家の一員であると信じたわけではない。

しかし、そうでなければこの現象は説明できないらしく、左京たちは確信している様子だった。

たなびく霞の海は、月の淡い光に照らされてこの世のものとは思えぬような素晴らしい景色を作り出している。

毒の餌となったあの日。視界を遮る霞が怖くてたまらなかったのに、今日は穏やかな気持ちでそれを眺めていられる。それも、左京が自分を生かしてくれたからに他ならない。

「髪を結わせるべきだったな。しかし手鞠にはまだ難しい」

紫乃の長い髪が風にあおられるのを見た左京が、これから行うだろう報復にそぐわないような言葉を向けてくる。もしかしたら緊張している紫乃に気づいて、和《なご》ませてくれたのかもしれない。

「左京さまの御髪《おぐし》は美しいですね。月に歓迎されているみたいです」

「歓迎……？　この髪を褒めてくれるのか？」

「もちろんです。髪も、碧い瞳も、大きな白い羽もずっと見ていたいほど美しいですから」

紫乃が正直な気持ちを伝えると、左京はなぜか目を見開いて驚いている。

「そう、か。生きていた甲斐《かい》があった」

「えっ？」

「ほら、もう着くぞ」

　生きていた甲斐とはどういう意味なのか問いたかったものの、左京にそう言われて気持ちを引き締めた。

　空から見下ろす竹野内の屋敷は、立派な建物が多いその地域の中でもひときわ大きく目立っている。陰陽師とは、これほどの財をなせるものなのかと紫乃は驚いていた。だからこそ、あやかし退治の力がすでにないことを悟られたくないのだと納得もした。

　街は静まり返っており、黒天狗に襲われた形跡などない。やはりあの絵の五百年後に結界が破れ、天狗が下りてくるというのは陰陽師が作った都合のよい話なのだろう。

「参るぞ」

「はい」

　紫乃が緊張で顔をこわばらせながらうなずくと、左京はうしろをついてきている、左京より少し小ぶりの黒鳶《くろとび》色の羽を動かす颯に目で合図を送った。すると颯は大胆なことに、すさまじい音を立てて屋根から家屋に突っ込んでいく。颯が開けた大きな穴に、紫乃を抱えた左京も吸い込まれるように入っていった。

「な、なにごと？　出合え！　不審者だ」

　颯はあらかじめ竹野内の部屋を調べてあったようだ。布団から飛び起きたらしい竹野内が大声をあげると、廊下をバタバタと走る何人もの足音がする。

夜陰に包まれたその部屋では、紫乃にはなにも見えなかったが、颯が自身の羽を炎で覆ったため、顔をひきつらせた竹野内の姿が浮き上がった。

「誰だ、貴様！」

竹野内はすごんでいるものの、声が震えている。そもそも自分の身を自分で守れるような男ではないのだ。悪知恵と金で、野田たちを従わせているだけ。

直後、野田や山下を含む五名ほどの男が部屋になだれ込んでくる。

「お前……」

左京に抱かれた紫乃に気づいた竹野内は、目をひん剝《む》いて今にも腰を抜かしそうだ。死んだと思っていた人間が目の前におり、なおかつ羽を生やしたあやかしが二体もいるのだから当然だろう。

「天狗……？」

「私を殺めようとしたのはお前か」

凄《すご》みを利かせた低い声で口火を切ったのは左京だ。完全に顔色を失った竹野内は、一歩あとずさった。

「違う。わ、私はなにも……。その女には虚言癖がある。信じてはなら──」

「この女を知っているようだな」

左京が竹野内の言葉を遮って指摘すると、竹野内の顔が引きつった。紫乃を知っているということは、紫乃を毒入りの餌にして天狗を殺めようとしたと告白しているようなもの。紫乃がみずから毒をあおるわけがないからだ。

「な、なにしてる、殺《や》れ！」

竹野内は顔を引きつらせて呆然《ぼうぜん》と立ち尽くす野田たちに指示を出した。

山下が刀の鞘《さや》に手を置いた瞬間、左京は羽をバサッと大きく動かす。すると多数の羽根が彼らに向かって飛んでいき突き刺さった。激痛に顔をゆがめて悶《もだ》える山下たちはあとずさる。

手すら触れずに攻撃する左京の力量に驚きつつ、紫乃は口をあんぐり開けて震える竹野内をにらみつけた。

「姉ちゃんを返して。私たちがなにをしたの？　なぜ毒なんかで苦しまないといけないの？」

「……な、なんの話だ」

目を泳がせる竹野内はしらばくれるつもりのようだ。

「なんの罪もない姉ちゃんたちを殺めるなんてひどすぎる。陰陽師だそうだけど、親切な振りだけはうまい、ただの詐欺師じゃない！」

紫乃の渾身の叫びに、左京の手に力がこもる。一緒に憤ってくれているようで心強かった。

「あなたは、自分の地位を守るために三人もの人間を殺めたの。絶対に許さない」

紫乃が続けると左京の背後に向いた竹野内の目が真ん丸になる。

「な、なんだこれは……」

紫乃も周囲に視線をやると、数えきれないほどのあやかしに囲まれていて息が止まりそうになった。そこにいるあやかしたちは人形ではなく、あるものは目が五つあり、またあるものは蛇のようなぬめぬめした黒い鱗《うろこ》を不気味に光らせている。

「ば、化け物だらけだ」

左京の羽根が突き刺さり肩や太ももから血を流す野田が、這ったままあとずさったあと、縁側から庭に転げ落ちる。その姿は滑稽《こっけい》で、紫乃たちに食事をしろとすごんだときの威勢は、まったくなかった。

従者の中では野田が頭目だったのだろう。彼がみっともなく腰を抜かして逃げようとすると、山下をはじめとする他の男たちは続こうとする。しかし、左京の羽根ででき た傷のせいで、這いつくばるばかりだ。

「あきらめろ。紫乃は斎賀の頭《かしら》。あやかしたちは紫乃のためならば命もかける。ただではすむまい。すでにこの屋敷は無数のあやかしに囲まれている。紫乃の命に従うだろう」

左京はあやかしたちが『紫乃の命に従う』と口にするが、おそらく竹野内への脅し文句だ。当の紫乃は竹野内たちと同様、あまりにたくさんのあやかしの登場に驚いて震えているのだから。

「わ、私は、吉原に落ちる寸前のその女を助けてやっただけだ。誰のおかげで男に股を開かなくて済んだと思っているんだ」

竹野内は顔を青ざめさせながらも必死に虚勢を張っている。

「あなたたちが仕組んだんじゃない！」

「体しか売るものがない無能のくせして、黙れ！」

竹野内が紫乃にすごむと、表情を凍らせた左京が一歩足を進める。

「な、なんだ。その女が気に入ったのか？　くれてやるぞ」

竹野内の精いっぱいの強がりが痛々しく、実に不快だ。

「紫乃が無能だと？」

「そうじゃないか。たいして金も稼げず、なんの力もない」

「愚かな男だ。曲がりなりにも陰陽師を名乗るくせして、斎賀一族の能力を知らないとは」

左京が吐き捨てると、思い通りにことが運ばずいら立つ竹野内は、ギリギリと音が聞こえてきそうなほど奥歯を強く噛みしめ、目を泳がせた。

「紫乃の体に毒を仕込んだのはお前だな」

「そんな嘘つき女の――ヒイッ」
悪びれもせず紫乃を責め続ける竹野内の顔の横に、左京が放った白い羽根が突き刺さる。
「斎賀の頭を嘘つき呼ばわりするのか」
「そ、そういうわけでは……。さ、斎賀とは……」
竹野内は斎賀一族を知らないようだ。
左京がもう一歩足を進めると、腰を抜かしたのか、竹野内はへなへなとその場に座
り込んだ。
「紫乃。こいつを見捨てて逃げた雑魚《ざこ》どもをどうするか、命じろ。願うのではなく、
命じるのだ」
左京は紫乃をしっかり抱きしめ直し、まっすぐな視線を送ってくる。
命じたところでどうにかなるとは思えないけれど、姉たちの報いはしたい。そう考
えた紫乃は、すっと息を吸い込んでから口を開いた。
「ここにいる者たちに、姉ちゃんたちと同じ苦しみを味わわせて。……絶望する苦し
みを」
時子が最後に紫乃の味噌汁をあおったときの瞬間を、鮮明に思い出せる。どれほど
の覚悟と無念があったかと思うと、涙があふれそうになってこらえた。

「主《あるじ》の命が聞こえたか」

　左京が叫ぶと、これまでそれぞれ身勝手にうごめいていたあやかしたちが、見事なまでに一斉に廊下の外へと視線を移し、我先にと部屋を出ていく。その直後「やめてくれ！」という野田の切羽詰まった声が聞こえてきた。

「逃がすな、逃がすな」

「苦しめ、苦しめ」

　不気味な大合唱が始まりハッと左京を見ると、彼は小さくうなずく。

　もしや本当に紫乃の命令に従い、あやかしが野田たちに制裁を加えに行ったのだろうか。

「許さん、許さん。主さまを泣かせた」

「来るな！」

　今度は山下の叫び声だ。

「や、……やめろ。この通りだ。……ギャアアア」

　野田の叫喚《きようかん》が耳をつんざく。

「逃がさん、逃がさん」

「主さまの苦しみを思い知れ」

「た、頼む。勘弁して──あああぁ」

野田以外の誰かの悲鳴も響き、紫乃は顔をしかめて左京の着物を強くつかんだ。鼻をつままれ、毒を飲み込んだあの瞬間を思い出してしまい、口の中に広がった血の生臭さまで蘇《よみがえ》ってきたからだ。すると左京は、励ますように紫乃を抱く手に力を込める。

「あいつらはなにをされたのだろうな。屋敷の奥座敷の押し入れに、臭いのきつい液体の入った壺があったようだが」

「そ、そんなものは知らん。野田が勝手に……」

目をひん剝く竹野内は、ガチガチと歯の音をさせながら、必死に言い逃れをしようとしている。謝罪の言葉ひとつなく、いまだしらを切るつもりの竹野内に、激しい怒りでどうにかなりそうだ。

「あなたが私に飲ませたもののことよ」

紫乃が腹に力を入れて叫ぶと、竹野内はとうとう四つ這いで逃げ出そうとした。しかし、颯が立ちふさがる。

「左京さま、この壺でしょうか」

颯は素知らぬ顔で毒の入った壺を掲げた。

「その壺だ。随分大切にしているようだな。必要ならばまた用意してやるから、一気に飲み干してみてはどうだ」

抑揚のない左京の口調は、かえってその場を凍りつかせる。

「ゆ、許してくれ。政府に命じられて仕方なかったんだ。私もやらなければ命が危うかったのだ」

あやかし退治の力がないことを政府に知られたくなくて、天狗退治を引き受けたくせして、この期に及んで政府のせいにするとは、どこまで不甲斐《ふがい》ない男なのか。

「許せ？　紫乃をこんな体にしておいて、許せるとでも？　たとえ紫乃が許しても、私が許さぬ」

左京は怒りを纏った声をあげる。

彼は自身の命を脅かされたことに対しての制裁を加えに来たはずだが、自身のことでなく紫乃について触れた。

左京が羽を大きく動かすと、強い風と共に、何本もの羽根が飛んでいき、竹野内の全身に突き刺さる。

「うおっ……。やめ……やめてく……」

「急所は外した。死の恐怖を十分に楽しまないとな」

全身に羽根の刺さった竹野内は、痛みで転げまわる。左京はそんな彼を冷めた目で見ていた。

「……な、なんでもする。金か。欲しければいくらでもやる。た、助けてくれ」

見苦しくあがく竹野内を見て紫乃の悲しみが一層膨らんでいく。

こんな男の欲のために、時子たちは死に、自分は不自由な体になってしまったのだ。許せるはずがない。

「勝手な男だ。地獄を味わうがいい」

左京が突き放すように言うと、竹野内は激しく首を横に振る。

「い、嫌だ。死にたくない。……あぁぁっ、どうなってるんだ」

竹野内は必死に羽根を抜こうとしているが、ますます食い込んでいくようだ。

「さて、そろそろ仕舞《しま》いだ」

左京はそうつぶやくと、紫乃を左腕だけで軽々と抱いたあと、右腕を前に突き出してその上に水のような液体が入った大きな玉を作ってみせた。左京がそれを軽く吹くと、飛んでいった玉が竹野内の体を包み込む。

液体の膜に全身を覆われ、口から空気の泡をボコボコと漏らす竹野内は、苦しいのか喉を押さえて必死に這い出ようとするも、無様《ぶざま》に転がるだけで彼を包む膜が破れることはなさそうだ。

「颯」

「御意」

左京になにかを指示された颯は、その玉の上から唐茶色《からちゃ》の毒をかけ始めた。それと同時に、球の中の液体が濁り始める。

「毒がじわじわお前の体を蝕むだろう」

毒漬けとなった竹野内は、目を血走らせ手足をばたつかせて玉を破ろうとしている。けれど、とうとう息が続かなくなったのか毒の混ざる液体を飲み込み、絶望に打ち震えた苦悶《くもん》の表情を浮かべる。

左京が再び羽根を放ちその玉を破ると、竹野内は激しく咳《せ》き込み血を吐いた。

「安心しろ。死なない程度にしておいてやった。これから自分の愚かさを悔やみながら、生きていくんだな」

左京は紫乃を両腕でしっかりと抱き直し、竹野内の醜い姿をこれ以上見せまいとするように、衝撃的な光景に恐怖で顔を引きつらせる紫乃の頭を自分の肩にひき寄せる。

「颯、あとは頼んだぞ」

「かしこまりました」

「帰ろう」

左京は、先ほどまでの鋭く尖った声とは違い真綿に包まれたような柔らかな声で言う。

「待ってください」

左京が羽を動かし始めるので、紫乃は止めた。

「どうした？」

「そ、外に逃げた者たちは……」

いかに時子たちの復讐だとしても、自分の命令で野田たちを殺めてしまったのかと思うと、動揺を隠せない。

「ご安心を。彼らを追いかけたあやかしは毒を所持しておりません。せいぜい羽根の傷をえぐられたくらいでしょう。私も紫乃さまに殺めよとは命じられませんでしたので、竹野内に使った毒は偽物とすり替えました。ただ左京さまの羽根の威力はすさまじい。あのけがですと、数カ月、いや数年は元通りの生活はできないはず。陰陽師も引退するしかないのではないかと。そのくらいの制裁は当然です」

答えたのは左京ではなく、颯だった。

「命じなかったから?」

「お前は死を願わなかっただろう」

紫乃の疑問に答えたのは左京だ。

たしかに、〝絶望する苦しみを味わわせて〟と言っただけで、『殺めて』とは命じなかった。殺してやりたいほど憎いのに、いざその機会を前にすると、そのひと言を口にする勇気がなかったというのが正しい。

「姉ちゃん……。殺せなかった。ごめん」

左京にしがみついて顔を隠し、泣きそうになるのをこらえる。

「謝る必要はない。時子はお前に手を汚してほしいとは微塵も思っていないはずだ」

左京が慰めてくれる。

「そうで……しょうか」

「ああ。もしお前が逆の立場だったらどう思う？　姉に罪を犯させたいか？」

「いえ」

左京のひと言には説得力があり、少し気持ちが落ち着いてきた。

「あやかしたちにも、嫌な役割をさせてしまいました」

左京にどうしてほしいか命じろと言われ、まだ彼らの存在に恐怖を抱いているというのに、とっさに苦しめてと命じてしまった。彼らにとっては、迷惑な懇願だったに違いない。

「あいつらは、紫乃に命じられることを喜んでいる。心配無用だ」

「喜んで？　左京さまがあやかしたちに、手を貸すように言いくるめておいてくださったのではありませんか。だから仕方なく手伝ってくれたのでは？」

「いや、私はなにも」

なにもとはどういうことなのか。

「とにかく、帰ろう。手鞠と蘭丸が心配している」

左京はトンと畳を蹴り、今度こそふわりと空に舞い上がった。まるで月に向かって飛んでいくようで不思議な感覚だった。

暁光が山にかかる霞を照らし始めた頃。屋敷にたどり着くと、手鞠と蘭丸が玄関に駆け出てきた。

「紫乃さまぁ」

左京に抱かれた紫乃を蘭丸が涙目で見上げている。

「どうしたの？　そんなに心配してくれたの？」

「冷静になりなさいよ」

そんな蘭丸を表情も変えず制したのは手鞠だ。しかし紫乃は、手鞠の目もうっすらと潤んでいるのを見逃さなかった。

「ついてきなさい。ただ、紫乃はとても疲れている。長話はあとだ」

「はぁい」

左京もふたりの不安を見抜いたようで、部屋までついてくるように伝えている。

部屋で左京に下ろしてもらったあと、座ったまま蘭丸と手鞠を呼び寄せた。

「心配してくれたのね。ありがとう。左京さまと颯さんが守ってくださったから大丈夫。あっ、他のあやかしも」

あやかしたちが自分の命令に従ったなど、いまだ信じられない。数多のあやかしたちを前に、恐怖すら覚えていたというのに。

「よかったぁ」

顔をほころばせる蘭丸は、紫乃の首に腕を回して抱きついてくる。手鞠はなにも言わないものの、そっと紫乃の手を握ってきた。

「手鞠、紫乃の帯を解けるか？」

「はい」

こんなに幼いのに着付けができる手鞠は、紫乃よりずっとしっかりしている。

左京と手鞠に手伝ってもらい長襦袢姿になった紫乃は、布団に横になった。手鞠と蘭丸は、じっと顔を覗き込んでくる。

「……お前たち、それ以上は紫乃が休んでからにしなさい」

左京が紫乃から離れない子供たちに声をかけると、蘭丸が眉尻を下げて残念そうな顔をした。

「ふたりと一緒に寝てはいけませんか？」

きっと心配で眠れていないだろうと思った紫乃が左京に問うと、手鞠の頬がかすかに緩む。

「しかし、疲れているだろう？」

毒が抜けていない体で、衝撃的な光景を目の当たりにしたあとでは、とても疲れていないとは言えない。けれども、ふたりを抱きしめたくてたまらなかった。

「大丈夫です」

「そう、か。手鞠、蘭丸。紫乃の睡眠を邪魔しないと約束しなさい」

「はぁい！」

「はい」

左京から許可が出たふたりは、威勢のよい返事をして紫乃に抱きついてきた。

左京に命じられて、それぞれ自分の布団を運んできた子供たちだが、結局は紫乃の布団に潜りこんできてすぐに眠りに落ちた。

右には手鞠、左には蘭丸。昔、弟たちともこうして眠ったなと感慨深い。

中村の家はどうなっているだろう。紫乃たちが売られるとき、山下が幾ばくかの金を渡すのは見えたものの、残りは紫乃たちが遊郭に引き取られてからだと話をしていたが、おそらく支払われてはいない。

しばらくは渡された金で生活できるだろうけれど、時子と紫乃という働き手を失った今、父だけで支えるのは困難だ。

とはいえ、こんな体で帰っても迷惑をかけるだけ。

頭が冴《さ》えていて眠れそうになかった紫乃は、それから先ほどの出来事を考え始めた。

『殺めて』という言葉が出てこなかったのは、心のどこかにためらいがあったからだ。

姉たちを手にかけた竹野内たちに強い憎しみを抱いていたのに、彼らを殺す勇気がなかった。颯から誰も死んでいないと聞かされて、内心ほっとしてしまった。

「ごめんなさい」

紫乃は小声で謝る。姉たちの無念をこの手で晴らす気だったのに、怖気《おじけ》づくなんて情けない。そう思う一方で、姉は紫乃の手を汚してほしいとは思ってはいないという左京の言葉にも納得していた。時子は、自分を犠牲にしてまで紫乃を守るような優しい姉だからだ。

ただ、左京が竹野内に苦痛を味わわせてくれた。颯が数年は元通りの生活ができないと話していたけれど、姉たちはそれで許してくれるだろうか。

どうすればよかったのか、何度考えてもわからない。けれど時子たちの無念を忘れることなく、これで正しかったのだと信じて生きていかなければ。紫乃は時子に生かされた自分の命を大切にして、強くなろうと心に決めた。

それにしても、あやかしたちは本当に自分の指示に従ったのだろうか。そうだとしたら、斎賀家の末裔だというのは間違いではないのかもしれない。

しかし、中村家の一員だと思って育ってきたし、斎賀という苗字すら聞いたことがないため混乱していた。

――ううん、少しおかしかった。

紫乃は今までのことを振り返る。

女衒の振りをした山下についていく覚悟を決めつつあったとき、父は『だめだ。紫乃だけは絶対に』となぜか強く紫乃をかばった。

時子も最後の味噌汁をあおる前、『あなたには大切な役割があるの。生きなければだめ』と口にした。その直後に野田が入ってきたため、真意を聞けぬまま姉は亡くなってしまったけれど、大切な役割とはなんだったのか。父も時子も紫乃が斎賀の血を引く人間だと知っていたのかもしれないという疑惑が思い浮かぶも、どうしても信じられない。

手鞠や蘭丸が自分を慕うのは、斎賀家の者が持つという魅了の力ゆえなのかもしれない。ただ、それを裏切ってはならないと思った。これほど自分を心配してくれるのだから。

家族を失っているというふたりに、家族の温かみを教えてあげられないだろうか。紫乃はふとそんなことを考える。

村での生活は常にひもじく、腹いっぱい食べた記憶はない。けれど、分け合って食べた麦飯は本当においしかったし、「紫乃姉ちゃん」とついて回る弟たちはかわいかった。

ひとりだったら、きっと頑張れなかっただろう。家族がいてくれてよかった。

もし中村家の本当の子でなかったとしても、たしかに家族として受け入れてもらえていた。おかげで紫乃は、家族のありがたみを十分すぎるほど知っている。それを手鞠や蘭丸にも分けてあげたい。

身じろぎした手鞠が、紫乃の腕に抱きついて頬をつけたあと、幸せそうに微笑む。蘭丸のようにあからさまではないけれど、彼女も寂しさを感じていて、こうして寄りかかれる場所を必要としている気がする。

そうであれば、自分が彼女の心のよりどころとなりたい。

紫乃はそんなことを考えながら、ふたりを抱き寄せた。

◇◇◇

颯は竹野内に制裁を加えたあと、左京に命じられて竹野内の家から持ち出した金の一部を、紫乃の田舎に運んだ。

日照りが続き、田畑が荒れ放題だとは聞いていたが想像以上で、畑にはわずかな草が生えているのみだった。

中村家のような小作人は厳しい取り立てから逃れられず、自分たちが食う物まで地主に差し出さなければならないらしい。

帝都をよく知る颯は、私腹を肥やした政府のお役人たちをたくさん見てきた。他人が汗水たらして作った農産物を取り上げて好きなだけ食べ、足りなくなったら無い袖は振れないのにもかかわらず、農民たちからさらに巻き上げようとする人間の浅はかさには、ほとほとあきれる。

竹野内たちも同様だ。政府から天狗退治の依頼を受けた彼らは、貧しい農村に目をつけて餌となりそうな娘を探していたのだ。

あやかし退治の能力を持ち合わせていないのだから断るべきだ。しかしそれを知られて周りからの称賛が失われるのを嫌ったのだろう。

紫乃は古い絵を見せられたと話していたが、そこに描かれていた天狗は左京の一族に違いない。

天狗はあやかしの中でも甚大な力を持つ、高位の存在。颯もそこそこ力のあるあやかしではあるが、その颯でもひれ伏さなければならないような能力や腕力を持ち合わせている。

あやかしの一年は人間の十年ほどに匹敵する。紫乃が見たという絵に描かれてあったことが事実であれば、筑波山に住む黒天狗と陰陽師の対立があったのだろう。しかし、左京も颯もまだ生まれておらず本当のところはわからない。

とはいえ、元来天狗は気性の荒いあやかしなので、人間を食らったというのもあながち嘘ではないかもしれない。

ただし左京は、訳あって一族とはかかわりを断っているし、斎賀家に恩がある彼は、なんの理由もなく人間に手を出すことなどないと断言できる。

陰陽師が暴れ狂う天狗をなだめて山に戻した絵もあったそうだが、それは人間が作った都合のよい話に違いない。斎賀家の者がそれぞれを説得し、事態の収拾を図ったのが事実だと思われる。なぜなら、陰陽師と天狗は話し合いなど持てぬほど仲が悪く、手打ちにするなどありえないからだ。

中村の家を探し当てた颯は、金の入った袋を少し開いた玄関の戸からこっそりねじ込んで離れた。

左京が中村家に金を運ぶように言ったのは、時子や紫乃が命がけで守ろうとした家族を思ってのことだ。そもそも家族というものとは縁遠く興味がない左京だが、紫乃たちが自分の身を売ってでも両親や弟を助けようとしたことに心が動いたようだった。

近くの木に登ってしばらく様子をうかがっていると、水を汲みに出かけていた父が帰ってきて金を見つけ、興奮している。

「どうしたんだ、これ。……ああっ、時子と紫乃のおかげだ。これで、麦が買える。医者に母ちゃんを診てもらえる」

やはり十分な金は与えられておらず、母の医者も手配されていなかったようだ。

しばらくして再び外に出てきた父は、さっきの大喜びはなんだったのかと思うほど沈んだ顔をしていた。

「時子、紫乃……。不甲斐ない父ちゃんを許してくれ。お前たちを救えるなら、こんな命はいらない。でも、父ちゃんが踏ん張らないと、母ちゃんも弟たちも死んでしまうんだ。許してくれ、許して……」

家屋にいるだろう妻や子たちに聞こえぬよう、売られていった娘の名を口にしてひとりでこっそりむせび泣く父の姿に、颯の胸も痛む。

誰が悪かったわけではない。真面目に働いてもどうにもならないのだ。

改めて竹野内たちの身勝手な愚行を憎んだ。

紫乃が斎賀の血を引くことについてなにかわかるのではないかと期待したものの、父はそれ以上なにも語らなかった。ひとしきり泣いて気持ちを整えたあと、無理やり笑顔を作って今にも崩れそうな古ぼけた家屋に入っていく。

「今日は久々に麦飯が食えるぞ」

「父ちゃん、本当？」

弟たちの声が聞こえて、安堵した。紫乃から、弟ふたりはやせ細って立ち上がることもできない状態だと聞いていたからだ。おそらく、紫乃たちが売られていったときの金で、少しは食えるようになったのだろう。

弟や母の様子が気になっているだろう紫乃に知らせなければ。

颯は羽を広げて空に舞い上がった。


屋敷に戻ると、真っ先に左京の部屋に向かう。

「颯です」

「入れ」

昨晩大仕事をした左京だが、まったく動揺は見られずいつもと変わりなかった。彼は幼少の頃にかなり悲惨な経験をしているため、少々のことでは動じないのだ。

颯は部屋に入り、窓際であぐらをかいて空を見上げている左京の前に跪いた。

「ご苦労だった」

「中村家に金を置いてきました。弟たちは元気になったようです。母上は医者に診せると父上が話しておりました」

「そうか。紫乃も安心するだろう」

左京はそう言うものの、眉ひとつ動かさない。喜怒哀楽をあまり顔には出さないので、一見氷のように冷たく見えるが、言動は優しいあやかしだ。

「父上が紫乃さまや姉を偲《しの》んでむせび泣かれていて……」

「紫乃が元気になれば戻してやりたかったが、そうもいかないようだ」

左京は小さな溜息をつく。

「そうですね。昨晩の様子で、紫乃さまが斎賀の血を引いていることが確実になりましたから」

左京は他のあやかしと戯れたりはしない。甚大な力を誇る彼は、なにがあってもひとりで立ち回れるため、仲間を必要としないのだ。

ただし天狗の能力の高さを知る付近のあやかしたちが強く望んだことから、左京は用心棒のような役割を果たしている。とはいえ、普段は交流を好まず、争いごとが発生したときのみ姿を現すので、それを知るあやかしたちは必要以上に寄りつこうとはしない。

だから、昨晩集まったあやかしたちは、左京ではなく斎賀の血を持つ紫乃を慕って集結したと思われる。しかも、左京が紫乃にあやかしたちに命を出すよう伝え、紫乃が希望を口にしたら、一斉にその指示に従った。まさに、魅了の力を見せつけられた時間だった。

斎賀家は、魅了の力であやかしを操るが、それだけでは終わらない。ときには陰陽師から守ってくれる。決して一方的にあやかしを支配しているわけではなく、左京も斎賀一族に助けられたひとりなのだ。

そのため、斎賀の者が現れると、あやかしたちは集結して役に立とうとする。

それを知らない紫乃は、自分があやかしを操ったとは思っていないようだが、あの様子を見た颯も左京も、紫乃は間違いなく斎賀家の生き残りだと確信した。

滅びたとされていた斎賀家の血が実はつながっているということは、あやかし、そして人間の双方にとってありがたいことだ。

ひと昔前は紫乃が見たという絵のように、人間とあやかしは衝突を繰り返し、多数の命が散っていった。その衝突がぐんと減ったのは、まさに斎賀家のおかげなのだから。

ただし、高い能力を有する一部の陰陽師は、斎賀家を快く思っていない。能力に自信がある彼らは、すべてのあやかしを壊滅させられると思っている。

彼らにとってあやかしは支配すべき存在であり、はなから共存など考えていない。そのため、間を取り持つ斎賀家が邪魔なのだ。

斎賀一族が滅びたのは陰陽師のせいではないかと噂されていた。

斎賀家の輝かしい功績の裏で、活躍の場を失った陰陽師の一部は都落ちしたと言われている。

しかし斎賀の血を断ち邪魔が入らぬようにしておいて、再びあやかしたちを壊滅させようとしている可能性がある。それができれば、間違いなく政府から重用されて帝都に返り咲けるはずだ。

斎賀の生き残りである紫乃の存在が知られては、消されかねない。紫乃は斎賀の血を引く自覚がないうえ、魅了の力をどこまで操れるかも未知数で、ひとりにしたら間違いなく命はないだろう。

左京はそれを危惧している。

「しかし人間をあやかしの屋敷に長く置いておくのも、なにかと不都合だ。法印《ほういん》に見つかってはまずい」

「そうですね」

法印とは筑波山に居を構える天狗一族の現在の頭であり、以前颯が仕えていたあやかしだ。冷酷非道で、天狗一族のみならずあやかし界の頂点に立つほどの能力の持ち主であるのは認めざるを得ない。左京も同程度の力を有しているものの、優位に立ちたいというような欲がまったくないため、あやかしの世は法印が支配していると言っていい。

法印は陰陽師とは逆。人間を自分の支配下に置きたいという野望を抱いており武闘派だ。そのため、あやかしの世に足を踏み入れた人間には、容赦なく手を下す。

紫乃が持つ魅了の力も、左京と同じように高位のあやかしである彼には及ばないとされている。

紫乃は竹野内から、陰陽師が山に結界を張ったと聞かされたようだが、そうした事実はない。どのあやかしも自由に帝都に下りられる。

それにもかかわらず法印がおとなしくしているのは、平民を襲っても陰陽師が生き残っていては意味がないとわかっているから。法印は大胆不敵ではあるが、陰陽師の動向を探るといった地道な作業を好まない。以前は颯がその役割を果たしていたが、無用の争いを避けるために、あえて調べず。颯が法印のもとを去ってからは、そうした存在がいないらしい。そのため、陰陽師がどこに潜んでいるのか知らず、手を出せないでいるのだ。

「まずは、紫乃さまのお体を回復させることが先決かと」

「ああ。それなんだが……」

立ち上がった左京は、部屋の片隅にある机の上から古ぼけた書物を持ってきて、颯の前に置いた。

「なにかで読んだと思って探していた」

書物を開き、左京が指さしたそこには、朱色の実の絵が描かれている。

「解毒作用がある……」

その隣に書いてある効能を颯が読み上げると、左京はうなずいた。

「隅から隅まで探したが、解毒について触れられているのはこの実だけ。紫乃に効くかどうかは試してみなければわからないが……」

「探す価値はありますね」

「ああ。あの毒は一旦口にすると、百年もの間、臓をじわじわと蝕み続けるとも言われている。それでは紫乃は、生涯苦しまなくてはならない」

左京は頁《ページ》をめくり、今度は竹野内たちが紫乃たちに飲ませたと思われる毒草を指した。

「百年とは……。紫乃さまは今、どうされていますか？」

「手鞠と蘭丸がべったりだ。紫乃は壁にもたれるように座らせてやったら粥を口に運んでいたが、まだ手は震えているし、多くは受け付けないようだ。食べられない状態が続けば、いつか命を落とすだろう。いや、もしかしたらその前に心臓をやられるかもしれない」

左京は残酷な言葉を口にしながら、深い溜息をついた。

左京が胃にあった毒を吐かせたおかげで、紫乃の顔色はぐんとよくなっている。けれど、食べられないせいで頬はこけ、もともと細かった腕は一層肉が削《そ》げ落ちてしまった。

内臓は目では確認できないため、どれほど傷ついているのか見当もつかないが、楽観視できる状態でないことはたしかだった。

間違いなく体はきついのに、手鞠や蘭丸を前に気丈に振る舞う紫乃の姿を見ているのが痛々しいほどだ。

体は徐々に動かせるようになってきているので、近いうちにひとりで立てるかもしれない。しかし心臓が止まってしまっては、打つ手がなくなる。

「早急に毒を排出しなければ……」

颯がつぶやくと、左京はうなずいた。

「手鞠たちが紫乃に無茶をさせないように、顔を出してみてくれ」

「承知しました」

「それと……」

「そちらも心得ております。しばしお時間をください」

左京が朱色の実を探せと言っているのは、すぐにわかった。

紫乃が斎賀の血を引くとわかった以上、斎賀一族に恩がある左京は、最善を尽くすはずだ。

「ああ。頼んだ」

颯は左京に頭を下げて部屋をあとにした。

普段左京はなにも要求してこないのだが、紫乃が来てからは別。颯になにかと指示を出す。とはいえ、かつて左京に命を助けられた颯は役に立てるのがうれしいため、もっと仕事を振ってほしいくらいだった。

紫乃がいる部屋へと足を進めると、珍しく手鞠の弾んだ声が聞こえてくる。

両親の死が自分のせいだと思っている手鞠は、心を閉ざし気味だ。しかし、本当ならこうして声をあげて笑い、自由気ままに振る舞っていてもおかしくない年頃だ。

「弟だと思って話していたら木だったたって……紫乃さまって意外とおっちょこちょいなのですね」

「ふふふ。田んぼで思いきり転んで、鼻の穴まで泥だらけになったこともあったわね。泥が固まってしまって大変だったのよ」

紫乃が面白おかしく語るので、蘭丸がキャキャキャキャと高い声をあげて笑っている。

「颯です。失礼します」

「はい、どうぞ」

声をかけると、すぐに紫乃の返事があった。

壁に寄りかかったままふたりと会話を交わす彼女の体に現れている発疹は消えていないが、よく話せるようになった。子供たちの前なので笑顔でいるものの、息が上がっている。さすがに休ませないとまずい。

「ふたりとも、紫乃さまの負担になっては困る。紫乃さまはまだ回復途中なのだぞ」

子供たちに釘《くぎ》を刺すと、手鞠は途端に表情を曇らせ、蘭丸は食いついてきた。

「いつになったら治りますか？　紫乃さまと遊びたいのです」

紫乃の着物の袖を握りしめる蘭丸は、すっかりなついた様子だ。しかし自分の体についていて把握している紫乃は、少し困った顔をした。

「もう少し待ちなさい。必ずよくなる」

颯がそう伝えると、紫乃は驚いた顔をしている。

もしかしたら一生このまま動けないと覚悟しているのかもしれないが、体が思うように動かせないことより、臓の問題のほうが深刻だ。けれど、もちろん紫乃が不安になるようなことは明かさない。

「お前たちが疲れさせては治るものも治らない。今日のところはこのくらいにしなさい。手鞠、器を片づけておいてくれ」

「はい」

器を持った手鞠は丁寧に頭を下げ、蘭丸は少し不貞腐《ふてくさ》れたまま部屋を出ていった。

「紫乃さま、ふたりが申し訳ありません。横になりましょうか」

「ごめんなさい。自分の体なのに満足に動かせないなんて」

颯が布団に寝るのに手を貸すと、申し訳なさそうにしている。

「こうして座っていられるのですから、少しずつ回復しているではありませんか。体の不調は相変わらずですよね。もうしばらく辛抱してください。左京さまが必ずよくなる方法を見つけてくださいます」

「本当、に?」

紫乃は、期待いっぱいの目で颯を見つめる。

「はい。すでに動かれています。少々時間をください」

「左京さまにとんでもないことをしたのに、助けていただけるなんて。私、ここにいてもいいのかどうか……」

唇を嚙みしめる紫乃は、声を震わせている。

「左京さまを殺めようとしたのは紫乃さまの意思ではないのですから、責任を感じる必要はありません。それに、我が主は体が不自由な紫乃さまを追い出すほど無慈悲ではありませんよ」

「そう、ですね。お優しい方です」

左京はほとんど笑みを見せないため怖がっているのではないかと思っていたが、すでに左京の優しさに気づいているようで安心した。

「今朝、左京さまに命じられて、中村家に行ってまいりました」

「本当ですか? 家族は……家族はどうしていましたか?」

颯に答えを急《せ》かす紫乃は、相当気にしていたようだ。当然ではあるが。

「ふたりの弟さんは元気になられたようです。母上は医者に診せると父上が」

「よかった……」

紫乃は瞳を潤ませている。

「竹野内の家から奪った金を、中村家に置いてまいりました」

「それも左京さまが？」

「はい。父上は、姉上と紫乃さまへの謝罪の言葉を口にして、むせび泣いておられました。元気になられたら、会いに行けるといいですね」

「はい」

左京か颯が付き添えば、面会くらいなら叶うだろう。それが生きる目的のひとつになればと颯が伝えると、紫乃は大きくうなずいた。

◇　◇　◇

紫乃に中村家の近況を教えてくれた颯は、左京に命じられた仕事を果たすために、屋敷を留守にした。

食事は手鞠が用意してくれる。あんなに幼いのに、すでにいろいろな料理を作れることに驚いた紫乃は、いつかすっかり回復したら一緒に台所に立ちたいと思った。

なんとかひとりでも立ち上がれるようになったものの、まだ胃が食べ物をうまく受け付けてくれず、吐きそうになるのを必死にこらえる。

左京が言うには、強い毒が胃を焼いてしまったらしい。

しかし、手鞠が作った料理の味はよくわかる。

「おいしいわ、これ」

紫乃はふきの煮物を口にしたあと、そう伝えた。

箸を握る手に力が入るようになり、落とさず自分で食べられるようになったのがうれしい。とはいえ、長い時間姿勢を保っていることがつらくて、相変わらず壁にもたれての食事だ。

「えー、僕嫌い」

隣でにこにこしながら紫乃を見ている蘭丸が、ぼそりと本音を漏らした。

ほのかな苦みが幼子の舌に合わないのだろう。時子や紫乃が山で摘んできても、弟たちも喜ばなかった。

「子供ね」

そんな手鞠のひと言に、紫乃は吹き出しそうになる。

ひとつ年上らしい手鞠にそう言われた蘭丸がへそを曲げるのではないかと思ったけれど、えへへと笑っているのが微笑ましい。

蘭丸はある意味まったく擦れておらず、素直なまま成長してほしいと母親のようなことを考えた。

その一方で、冷静沈着で大人のような発言を繰り返す手鞠が少し心配だ。本当の自分を解放できない見えない圧を感じるのだ。

左京や颯のせいではなく、これまで生きてきた過程でなにかあったのだろう。左京が『物わかりのいい振りをしていなければ生きられなかった』と話していたのがずっと気になっている。

「これ、僕が採ったの」

「そうなの？ 近くにあるのかしら？」

「うん、お屋敷の裏にたくさんあるよ。紫乃さまと一緒に採りたいなぁ」

蘭丸は紫乃の腕に抱きついておねだりをする。

「そうね。早く元気になるから、少し待ってて」

「うん！」

こうして話しているだけでも息切れしてしまう。けれど、左京が必ず解毒の方法を見つけてくれると信じていた。

手鞠が作ってくれたのだからと必死に食べ進むも、やはりすべては無理そうだ。どう伝えればよいかと悩んでいると、左京が顔を出した。

「そのへんでやめておきなさい」

「はい」

食べられないと察したらしい左京が、紫乃に命じる。

「手鞠、紫乃の飯は少なめにしてくれ。体が元通りになったらたくさん食べられるはずだ」

「はい、申し訳ありません」

「ああっ。手鞠ちゃんが悪いわけじゃないのよ」

難しい顔をする手鞠に紫乃は慌てた。

「手鞠のたくさん食べてほしいという気持ちは、紫乃に伝わっている。お前が悪いのではない」

左京は常に無表情ではあるけれど、手鞠にかける言葉は温かい。彼女はようやく頬を緩めた。

「はい。片づけます」

元気を取り戻した手鞠に安堵する。

やはり大人の視線を強く意識して、常におどおどしているようだ。蘭丸なら「そっかぁ」で終わりそうなのに。

子供たちが部屋を出ていくと、左京が体を支えて布団に寝かせてくれた。

「立てるようになったのだな」

「はい。まだふらつきますが、少しなら歩けます」

手足に力が入らないのもあるけれど、それより少し歩くと息が上がる。胃だけでなく心臓も蝕まれているのか、息苦しい。

「皆さんにご迷惑をおかけして、なんとお礼を言ったらいいのか……」

「手鞠や蘭丸が迷惑そうな顔をしたか？」

「えっ……」

「そういうことだ」

左京は相変わらず表情ひとつ変えず、淡々とした口調で話す。

「はい。あっ、中村の家にお金を届けてくださったとか。本当にありがとうございます」

お礼がまだだったと伝えると、左京は小さくうなずく。

「紫乃が斎賀の血を引く可能性があるのであれば、これまで守ってくれた中村家には恩義を尽くさなければ。あやかしは、斎賀家に救われてきたのだ」

やはり左京は、紫乃が斎賀家の末裔だと信じているようだ。だとしたら、どうして自分は中村家で育ったのだろう。

疑問だらけで、なにが正解なのかまったくわからなかった。

「もし私が斎賀一族だったとしたら……なにをどうしたらいいのですか？　私にはあ

やかしを救うことなんてできませんし、期待されるのは荷が重いのです」

紫乃は素直な気持ちを吐き出した。

左京が紫乃の持つ魅了の力を期待しているのだとしたら、きっとがっかりする。あやかしと陰陽師の間を取り持つ一族らしいけれど、だまされて命を失いかけたくらいなのだ。自分になにかできるとは到底思えなかった。

「紫乃になにも期待などしていない。余計なことは考えず、しっかり養生しろ。なにかあれば呼びなさい」

左京は少々冷たく言い放って部屋を出ていく。

『期待などしていない』と口にしたのは、紫乃の心の負担を軽くしようとしたのか、はたまた本音なのか。斎賀の先祖に恩があって、仕方がないから置いてやっているだけだと言われたような気もして、左京の心がまったく読めず少し不安だ。

どちらにせよ、役に立たない自分がずっとここで世話になるわけにはいかない。

紫乃は早く体の調子を整えて、出ていかなければと思った。

紫乃の体は次第に動くようになってきたものの、胃の重さや呼吸の苦しさは相変わらずだ。部屋から出ることはままならず、ほとんどを布団の中で過ごした。

「紫乃さまぁ、お風呂の準備ができましたよー」

春の麗《うら》らかな日差しに誘われてうつらうつらしていると、すさまじい勢いで障子が開いて蘭丸が駆け込んできた。

「蘭丸。廊下を走ると叱られるわよ」

そのあとをついてきた手鞠が冷静に釘を刺す。

先ほど昼食を食べてから、左京に入浴を提案されたのだ。もうずっと湯浴《ゆあ》みをしていないうえ、体からあの毒のにおいが漂ってくる気もして、ありがたく提案を受け入れた。

「ありがとうね。少し待ってね」

重い体を持ち上げようとすると、左京が顔を出す。

「蘭丸、紫乃の寝巻きを持ってきなさい。手鞠は入浴の手伝いだ」

「はぁい！」

「はい」

声をそろえたふたりは、どこか楽しそうに動きだす。

紫乃のところまで歩み寄った左京は、軽々と紫乃を抱き上げた。

「あっ、歩けますから、下ろしてください」

竹野内のところに乗り込んだときは足に力が入らなかったものの、もう屋敷の中であればなんとかなる。

控えめに伝えたものの、左京はちらりと紫乃に視線を送っただけでまるで無視。そのまま歩きだした。

親切を無下にするようなことを口にしたから、怒らせたのかもしれない。

紫乃は申し訳なく思いながら、左京に従った。

風呂場に到着すると、ひと足先に来ていた蘭丸が白絹で作られた立派な寝巻きを手にしていたので、目を丸くする。

農村で暮らしていた頃は何枚も着物を持てず、帯だけ解いてそれで寝ていた。当然絹の着物など手にしたことすらなく、その光沢に目が釘づけになる。

「それは……」

「左京さまが用意してくれたんだよー」

「こんな高価な物を。すみません、なにもお返しできないのに」

紫乃は恐縮してしまう。

「動き回れるようになるまでは、これで過ごしなさい」

たしかに、横になってばかりなので、以前そろえてもらった浅蘇芳色の着物を纏うのは気が引ける。

「ありがとうございます。本当に……」

「手鞠、あとは任せた」

お礼を口にしたものの、左京は素っけない態度で手鞠に指示をしたあと、紫乃を下ろして出ていってしまう。

「紫乃さま、お手伝いします。髪も洗いましょう」

「ありがとう。私がお世話すべきなのに、ごめんね」

幼い子供に面倒を見てもらうとは、情けない。しかし、少し動くと息が上がってしまうため、手伝ってもらえるのはありがたかった。

「お気になさらず。さあ、長襦袢を脱ぎましょう」

温かい湯に体を浸したなんていつ以来だろう。豊作の年は近くの街にある銭湯にも行けたが、食うに困る年は、もっぱら川での水浴びだった。

手鞠は丁寧に髪を洗ってくれる。しかし、彼女のほうがまだ洗ってもらいたい年頃ではないかと思う。

「気持ちがいいわ。ありがとう」

お礼を口にすると、手鞠は少し恥ずかしそうにはにかんだ。

「紫乃さま、御髪がとてもきれい」

「本当？　村にいた頃はひとつにまとめるだけで、ぼさぼさだったの」

髪のことなんてとても気遣う余裕がなかった。

「湯浴みのあと、椿《つばき》の油をつけましょう。もっときれいになりますよ」

「それなら手鞠ちゃんも一緒にね」

「えっ？」

「だって、手鞠ちゃんの髪もきれいなんだもの」

まったくうねりのない黒髪は、窓から差し込む太陽の光を浴びていつも輝いている。

「本当？　本当に手鞠の髪きれい？」

「ええ、とっても。髪だけじゃなくて、お顔もかわいいわ。……ねえ、手鞠ちゃん。そういう話し方をしてくれていいのよ」

敬語が崩れたのでそう伝えると、手鞠はハッとしている。

「申し訳ありません」

また戻ってしまった。

大人びた振る舞いを強制されてきたのだろうか。あまり言いすぎてもよくないと思い、紫乃はそこで話をやめた。

真新しい寝巻きは、袖を通すのをためらうほど上質で、その柔らかさに思わず頬ずりしたくなる。手鞠が呼んできた左京に再び部屋に運んでもらったあと、手鞠と自分の髪に椿の油をつけた。

「僕もー」

蘭丸もねだるので同じようにつけてやると、白い歯を見せて小躍りを始めるのがおかしい。

「ふたりともきれいよ」

いつもは涼しい顔をしている手鞠もうれしそうに微笑んでいる。

ふたりを両手で抱き寄せると、左京がじっと見ているのに気づいた。しかし紫乃と視線が合った瞬間そらし、部屋を出ていった。

左京はつかみどころがない。

気遣いもしてくれるし、ときには優しい言葉もかけてくれる。しかし冷たく感じることもしばしばで、迷惑がられているようにも思う。

どちらが彼の本音なのか、紫乃はわからずにいた。

淡月が昇ったその晩。湯浴みをして疲れたからか、紫乃は少し早めに眠りについた。

しかしふとなにかの気配を感じて目を開けると、窓の桟に腰かけて杯を傾ける左京の姿がある。

暗闇でも彼だとわかるのは、美しい髪が月の光に照らされて輝いているからだ。

「左京、さま？」

「起きたのか？」

「はい」

紫乃が起き上がろうとすると、左京は隣にやってきて制する。

「横になっていなさい。手鞠と蘭丸が常にそばにいるから疲れるだろう?」

心なしか声色が優しく感じるのは気のせいだろうか。

「いえ、楽しいですよ」

「そうか、それならよかった」

左京から酒の匂いが漂ってくる。もう随分飲んだようだ。

「動けなくて退屈ではないか?」

「退屈というか、なにもできないのがもどかしいです。村にいた頃は休む間もなく働いていましたし、なにか恩返しをしたいのにこの体では難しくて」

「恩返しなど望んではいない。皆、やりたくてやっているのだ」

それは自分が持っているという、魅了の力のおかげだろうか。

「時間があると余計なことを考える」

左京はそう言いながらいきなり紫乃を抱き上げた。

「左京さま……?」

「今宵は月がきれいだ。美しいものでも見て、心を休めなさい」

紫乃を窓際まで運んだ左京はあぐらをかき、なぜか膝に紫乃をのせて背中から包み込むように抱き寄せる。

「こうしていれば倒れまい」

「そ、そうですが……」

左京が耳元で話すので、鼓動が速まり始める。毒を盛られてからずっと息苦しいが、それとは異なる胸の痛みに、紫乃は戸惑っていた。

しかも、顎に手を添えられて左京の顔のほうに向けられたうえ、透き通るような美麗な瞳でまじまじと見つめられるので、視線を不自然にそらして体を硬くする。

「顔色は随分よくなってきた」

「は、はい」

どうやら月明かりで顔色をうかがっただけのようだ。しかし顔を背けようとしても許してくれない。

「さ、左京さま？」

「美しい顔をしているな」

うっとりしたような目をした左京に優しくささやかれては、どうしたらいいかわからない。紫乃は動揺のあまり、思考が停止して動けなくなった。

「私を助けてくれたのも、美しいお方だった」

「助けてとは？」

「いや、なんでもない」

左京がなんの話をしているのかわからず尋ねたものの、答えてはくれない。

「紫乃がこの屋敷に来てから、この山に住む多くのあやかしが屋敷周辺に集結している」

「今もですか？」

「そうだ。皆、紫乃の役に立ちたいのだ」

やはり自分は斎賀の血を引いているのだろうか。

「ですが、もし斎賀の末裔だったとしても、私自身はなにもしていないですから……」

先祖が素晴らしい人物だったとしても、紫乃は農村で暮らすただのひとりの人間。特にあやかしたちにとって有益な行動をしたわけではないのに、尽くしてもらうのは気が引ける。

「魅了の力が惹きつけるのだろうが、おそらくそれだけではない」

「と言いますと？」

「心地よいのだ」

左京が紫乃の腹に手を回して密着するので、たちまち全身が火照《ほて》りだす。

「な、なにをなさって……」

「逃げるな。惹きつけたのはお前だ」

紫乃が身をよじると左京は甘い声でささやく。

昼間はこんなことは絶対にしないのに。それどころか冷たく感じることだってあるのに、どうしたというのか。相当酒に酔っているのだろうか。

「私はなにも。放してください」

逃れようともがいても、左京の力が強くてびくともしない。

「お前が口にする言葉は美しい」

「美しい、とは？」

「あやかしは他者よりまず自分だ。家族や大切な者は除いて、周囲を気遣うということを知らない。自由気ままで、利己的だ。自分がよければ、他の者が傷つこうが気にしない」

左京が紫乃の顔を隠していた長い髪を耳にかけるので、赤く染まった頬があらわになってしまい落ち着かない。

「ところが紫乃はその逆だ。死を覚悟しているのに、私を気遣い生きろと言う。魅了の力であやかしたちを惹きつけるが、決して悪事には使わず。斎賀家の者は皆そうなのだ。陰陽師とあやかしの仲を取り持とうとしてうまくいかず、傷つけられたこともあったそうだ。それでも助けることを止《や》めなかったとか」

斎賀一族が、それほど優しさに満ちあふれているとは。いや、魅了という力を持ったがゆえの責任のようなものだったのか。

「そういう姿勢に気づいたあやかしたちは、斎賀一族の言うことは信じるべきだと思うようになった。私も信じている」

左京は紫乃の肩に顔をうずめる。紫乃が纏う絹の寝巻きのように柔らかな彼の銀髪が、頬に触れてくすぐったい。それに加えて耳元で続く息遣いに、心臓が破れそうなほど鼓動が勢いを増していく。

昼間は『紫乃になにも期待などしていない』と冷たく言い捨てたくせして、やはり期待されているのだと感じる。

そうだとしても、どうしたらいいかわからない。

「私……」

「ん？」

鼻から抜けるような左京の艶冶《えんや》な溜息にどぎまぎしながら、紫乃は続けた。

「自分に力があるなんておこがましいことは考えていません。でも、左京さまや颯さん、手鞠ちゃん、蘭丸くんをがっかりさせないように生きていきたいとは思っています。時子姉ちゃんの命を預かったのですから、姉ちゃんに恥じないように」

あのとき、味噌汁をあおったのが自分だったら……という思いがどうしても頭から離れない。しかしどれだけ後悔しても、もう時子は戻ってこないのだ。そうであれば生かされた命を守り、時子に恥じないように生きなければと覚悟を決めている。

「紫乃なら大丈夫だ」

「ありがとうございます。生きていたいと思えたのは、左京さまのおかげです」

自分を殺しに来た相手に寛大な心で『生きろ』と諭した左京がいなければ、紫乃はもうこの世にはいなかっただろう。生きたいと強く願わなければ魂をつなぎとめられないほど、満身創痍《まんしんそうい》の状態だった。

「私も生かされた命なのだ」

「左京さまも？」

竹野内と対峙したときの圧倒的な強さを鑑みれば、敵など皆無に思える。しかし、紫乃はまだあやかしについてよく知らない。彼も過去に暗い影があるのかもしれない。

もしかして左京を生かしたのは、彼が言う斎賀家の〝美しい方〟なのだろうか。

「この先、死にたいと思うようなつらい出来事も起こり得る。ただ、私がいる。それを忘れるな」

「はい」

力強い左京の言葉のおかげで、紫乃の心は穏やかになっていく。

やはり彼は酔っている。紫乃の頬に冷えた頬をぴたりと寄せ、どこか甘えるような仕草をみせる。凛とした声で颯に指示を出す姿は鳴りを潜め、かわいらしくも感じた。

とはいえ、近すぎる距離のせいで面映《おもは》ゆくてたまらない。

「私は月が好きでな」

そういえば、前にも窓から月を眺めながら酒を口にしていた。

「どうしてですか？」

「月は太陽のように地の隅々までを明るく照らすことはできない。だが、暗闇をさまよう者のたったひとつの希望なのだ」

たしかに、野田たちに座棺に入れられて運ばれたとき、月を目にしてほんのわずかな希望にすがろうとした。月光が温かいと感じた。

左京は、暗闇をさまよっていたのだろうか。紫乃と同じように月に希望を見出《みいだ》したのか……。

「左京さまも過去におつらい経験があるのですね」

思いきって問うと、左京は月に視線を移す。

「誰にでも、つらい経験のひとつやふたつあるものだ」

もちろんそうだろうが、答えをはぐらかされた気がした。

彼にはつらいという言葉ひとつでは片づけられないような壮絶な経験があるのではないかと感じる。だからこそ、毒を盛られて餌にされた自分に寄り添ってくれるのではないかと。けれども、話したがらないのに無理に聞くつもりはなかった。

「ずっとこうしていたいな。お前に触れていると、安心する」

とても意外でありがたい言葉ではあるけれど、紫乃は心臓が躍るせいで脈が激しく打ったままで落ち着かない。とはいえ、息苦しいというよりは胸に感じたことがない甘美なしびれが広がっている。

それからは黙ったままふたりで淡い光を放つ月を見ていた。

恥ずかしくてたまらなかった左京の膝の上が、次第に心地よい場所となっていく。耳元で繰り返される左京の呼吸は優しい調べとなり、紫乃の心を癒してくれた。

そのうち眠気が襲ってきて、意識が落ちそうになる。それを察した左京は、紫乃の肩を抱き寄せて広い胸にもたれかからせてくれた。

それが少し照れくさかったものの、左京の言う通りとても安心する。時子が亡くなり毒の餌となったあの日以降、常になにかに襲われるような恐怖や不安があったけれど、左京の腕の中はそれを一掃してくれた。

「おやすみ、紫乃。ゆっくり眠れ」

額になにか柔らかくて温かいものが当たった気がしたが、それがなにかを確認する余裕は残っておらず、紫乃は深い眠りに落ちていった。

翌朝目覚めると、紫乃は布団に寝かされていた。左京の姿はなく夢だったかもしれないと思ったけれど、徳利と猪口が残されている。

「なんだったのかしら」

紫乃は無意識に、左京の息がかかった耳朵《じだ》に触れる。

昨晩の左京は、いつもと違った。手鞠や蘭丸の前では絶対に出さないような甘い声で、紫乃を包み込んだ。

「紫乃さま、失礼します」

廊下から颯の声がする。しばらく出かけていて屋敷にいなかったようだが、戻ってきたらしい。

「はい、どうぞ」

白絹の寝巻きの襟元を整えて上半身を起こしてから返事をすると、静かに障子が開き食事をのせた盆を手にした颯が入ってきた。

「おはようございます。ご気分はいかがですか?」

「ありがとうございます。昨晩、久々にぐっすりと眠れて、今日は少し体が軽く感じます」

紫乃がそう伝えると颯が近づいてきて、窓際に置かれたままになっている徳利に視線を移す。

「左京さま、こちらでお飲みになったのですね」

「はい」

「酔われていましたか？」

紫乃のために枕元にずっと置いてある土瓶を新しいものと交換した颯は、なぜか相好を崩した。

「そうですね。酔われていたかと」

「酔われると、少し気が緩まれるというか……」

颯はなにかを思い出したかのように、口元を押さえて含み笑いをしている。甘い声でささやく左京を彼も知っているのだろうか。

「ええ、少々甘えたような雰囲気で……」

「甘えた？」

なにか間違ったことを口にしたのだろうか。颯はきょとんとしている。

「紫乃さまの前ではそうなのですね。私が知っている酔っ払いの左京さまは、だらしなくなって着物がはだけようが直されないし、こうして散らかしたままにされるのです。普段は驚くほど隙がない方なのですが」

颯の前でもああした態度をとると勘違いして、うかつなことを口にしてしまった紫乃は、ばつが悪くて視線を伏せる。

「あっ、えっと……そう、ですよね」

「あの左京さまが甘えるとは」

颯がにやにやしながら反芻《はんすう》するので、穴があったら入りたい気分だ。

「ですが、よかった。左京さまはなにに関しても完璧すぎて、少し気を抜けばいいのにと思っていたのです。存分に甘えさせてあげてくれませんか」

「そ、そんな、とんでもない。私の勘違いです」

甘えたなんて言いすぎだったと慌てた。甘えているのは自分のほうなのに。

「そうでしょうか。左京さまは紫乃さまがいらっしゃってから、徳利を持ってはどこかに消えていらしたのですが、ここにいらしていたんでしょう。紫乃さまが心配だったのはもちろんですが、左京さまがここに来たかったのでは?」

「そうだとしたら……私が持つ魅了という力のせいかと」

もし左京が来たかったとしたら、間違いなくあやかしを惹きつける力のせいだと語気を強めたのに、颯は意味ありげな笑みを浮かべている。

「そうでしょうかね……。あまり余計なことを話すと左京さまに叱られます。お食事、少なめにしておきましたので、足りなければおっしゃってください。おかずが足りないかもしれません」

今朝は白米と芋の煮つけ、あとはたくあんがある。

「十分です。白米をいただけるなんて、本当に幸せなことで。おかずがあるのもありがたいです」

凶作の今年は、一日一食ということもよくあったのだから、贅沢すぎるくらいだ。

「子供たちは、ちゃんとお腹いっぱいになっていますか？　もし足りなければ、私はいらないので」

やせ細った弟たちを思い出して言うと、颯は首を横に振る。

「しっかり食べていますからご心配なく。子供たちは味噌汁もつけておりますので」

「味噌汁……」

「左京さまが、紫乃さまには控えるようにと。その代わり、芋の煮つけを多めにしております」

左京の気遣いに、頭が下がる。味噌汁は当分、いやもしかしたら一生口にできないかもしれない。それでも命があることのほうが大切だ。

「お気遣いありがとうございます」

「紫乃さまは体力が落ちてはいけませんので、食べられるだけ食べてください。毒に勝たねば」

「そうですね。それではありがたくいただきます」

紫乃が両手を合わせると、颯はそっと部屋を出ていった。

戸惑いと使命の狭間で

紫乃が飲まされた毒を解毒できそうな朱色の実を探し求めていた颯が、三日ぶりに戻ってきた。

玄関先に走り出ていった子供たちとともに左京が出迎えると、颯は手鞠と蘭丸の頭を撫《な》でながら、左京を見てうなずく。おそらく見つけたのだ。

朝餉は久々に四人での食事を楽しんだ。

手鞠と蘭丸が紫乃と一緒に食べたがるものの、止めている。紫乃はまだゆっくりしか食べられないし、なによりこの味噌汁の香りに耐えられないだろう。

普段よく口にする物に毒を忍ばせるとは、かなり卑劣な行為だ。紫乃はもう味噌汁を口にできないかもしれない。それほどの残酷な経験をしたのだから。

「左京さまぁ、紫乃さまはよくなりましたか？」

斜め向かいに座り、膳に置かれた芋の煮つけに手を伸ばす蘭丸は、毎朝同じ質問をしてくる。特に治療を施したわけではないため急激によくなるわけがないのに、どうしても気になるのだ。

「少しずつよくなっている。あまり負担をかけてはならんぞ」

この台詞《せりふ》を何度口にしただろう。

「はぁーい」と渋々納得する子供らしい蘭丸とは対照的に、対面で黙々と飯を口に運ぶ手鞠は、「承知しております」と大人びた返しをした。

手鞠に片づけを頼んだ颯は、早速左京の部屋にやってきた。

「なにかわかったか?」

「あの朱色の実は、どこにでもあるものではないようです。ただ、以前見たことがあるというあやかしがいまして」

「どこだ」

いつも簡潔に結論を口にする颯が、奥歯に物が挟まったような言い方をするため、つい急かしてしまう。

「それが、筑波山の南の斜面だとか」

「筑波山……」

期待いっぱいだった左京は、一転眉をひそめた。一番厄介な場所にあるのだ。

「颯は見たことはないのか?」

「残念ながら私はありません。山菜取りに行った子供が見つけて持ち帰ったことがあると。大体の場所は把握しましたが、まだ足は踏み入れておりません」

颯は左京の指示を仰ぎに一旦戻ってきたようだが、賢明な判断だ。筑波山には、颯の元主で因縁の相手であり、左京を天狗一族から追い出した黒天狗の法印が住んでいるからだ。

法印と左京はまるで水と油。生涯和することはないだろう。

「そうか」

左京は相槌を打ったあと、しばし考えを巡らせた。

颯を送り出してから、他にも解毒の方法がないか古い書物を引っ張り出して調べた。しかし空振りだった。

そもそもあやかしは、人里から離れた深山幽谷に住まう者がほとんどで、紫乃が飲まされた毒を含む草に触れることは珍しくない。苦みが強いため食す者はまずいないが、体が慣れているのか、口にしたところで舌がしびれる程度で終わる。そのため、解毒の方法など探りもしないため、朱色の実の存在すら知らないはずだ。

颯の報告が唯一の手がかりだった。

「命じていただければ、探しに参ります」

「しかし」

颯はかつて法印の頭脳として仕えていたが、法印は気性が荒い。自分の思うがままに振る舞い周囲を従わせるため、颯はかなり苦労したらしい。

紫乃が見たという絵に描かれた黒天狗は、左京や法印の一族の誰かで間違いないはずだ。あやかしの中でも大きな力を誇る天狗は、傍若無人で悪名高い。残忍で手がつけられないあやかしなのだ。

颯は法印に、気に入らないあやかしを殺めるように命じられて、それを拒否した。すると法印は激高して、黒い羽根で作った鋭い矢を至近距離の颯に向かって弓で打ったのだ。そのときの傷痕が、まだ腕に生々しく残っている。

筑波山から逃げたものの命を落とす寸前だった颯を左京が拾い、この屋敷に連れてきたのは、同じ天狗として責任を感じたから……というよりは、天狗にしては穏やかで稀有《けう》な存在の左京も、法印に苦しめられた過去を持つため、颯に同情したのが大きい。

それから颯は、左京の忠実な侍従となり働いている。

そんな過去を持つ颯を、易々《やすやす》と法印の近くに送り込めるわけがない。

「左京さまが私のことを気にかけてくださっているのはわかっております。ただ、筑波山についてはそれなりに詳しいですし、法印の手の内も心得ています。私以上に適任な者はいないかと」

「お前はなぜ、平気な顔でそんなことが言えるのだ。法印のせいで死にかけたのだぞ」

左京は飄々《ひょうひょう》と自分が適任だと話す颯に率直に尋ねた。

「この命は左京さまに助けられたもの。あの日から左京さまに預けているのです。それに、紫乃さまが斎賀の血を引くのであれば、必ず救わなければ。左京さまもそうお考えでは？」

颯の命をつないだのが左京だとしたら、左京の命は斎賀一族がつないでくれた。紫乃の魅了の力云々《うんぬん》は関係なく、左京は彼女を絶対に守るつもりでいる。

そもそも左京には魅了の力は効いていないのだし。

「わかった。だが、命を粗末にするのは許さん。絶対にひとりで行くな。なにかあったときに伝達に走れる者を連れていけ」

左京自身が向かうことも考えたが、能力の高い高位のあやかしが動けば、おそらく法印に勘づかれる。法印と拳を交えたら、簡単には勝敗がつかないだろう。いつか叩きのめしたい相手ではあるけれど、今は紫乃の体を治すことが最優先だ。

「承知しました。我が火の鳥の一族に手を貸してもらいます」

「頼んだ」

「御意。……左京さま」

鋭い目をしていた颯が一転、頬を緩めるので不思議だった。

「なんだ？」

「お酒をほどほどに飲まれるのはよいことですね」

「どういう意味だ」

左京の胸の内を探るような言い回しをする颯に、首をひねる。

「そのままです。深い意味はございません。それでは」

「ちょっと待て」

濁されたままでは気になり颯を止めたものの、一度も振り返ることなく出ていってしまった。

「なんなんだ」

たしかに左京は、深酒をするとしばしば記憶が曖昧《あいまい》になる。颯曰く、驚くほどだらしなくなるらしいが、それならばほどほどに飲めではなく、飲むなと止めるべきだろう。

──昨晩は、紫乃の部屋に様子を見にいって、一緒に飲んだ……いや、紫乃は飲んではいないな。

左京は自分の両手をじっと見つめる。

なぜか紫乃を抱きしめたような柔らかい感覚が残っているが、それ以上は思い出せない。

なにかしでかしたのかと心配したものの、そうであればそれこそ颯が『飲むな』と釘を刺すはず。主従関係がはっきりしているとはいえ、颯はそうした苦言も臆することなく伝えられるあやかしだ。だからこそ彼は、罪のない者になぜ手をかけるのかと法印に問い、痛いところを突かれた法印が激高したのだし。

気になって紫乃に聞きたいけれど聞きたくないような、複雑な心境で重い腰が上がらない。さすがに本人になにをしたのか尋ねるのはばつが悪く、そのまま放っておくことにした。

颯が再び屋敷を留守にすると、紫乃が盛んに気にかけている。元来優しい女性のようだが、ここ最近に経験した壮絶な出来事のせいで、余計に神経質になっているようだ。

姉たちの死や、竹野内家での出来事が彼女の心に大きな影を落としているのは仕方がないだろう。

あやかしたちの間では殺したり殺されたりは決して珍しくはないものの、人間の紫乃には、人が目の前で絶命するというのはかなりの衝撃だったに違いない。

だからか、誰かの姿がないと彼女はいつも気にしている。

先日はいつも纏わりついている蘭丸が見えず、そわそわしていた。

昼餉を食べすぎて腹を痛がっていると手鞠に聞いた紫乃は、まだ万全でない体を引きずるようにして蘭丸の部屋に赴き、苦しむ彼を抱きしめていた。

食べ過ぎた蘭丸は自業自得であり、大きく胸郭を動かして苦しそうに息をする紫乃のほうが重症なのに、彼女は蘭丸を離そうとはしなかった。

見かねた左京が、座って蘭丸を膝に抱いていた紫乃も横にならせてふたりでの昼寝を促すと、いつの間にか手鞠もやってきて、しっかり同じ布団に入って目を閉じた。

これは紫乃の魅了の力の強さの証《あかし》なのかとも思ったが、それだけではない気がしている。

無論、人間が苦手な子供たちが紫乃にすぐになついたのは、魅了の力のおかげに違いない。ただ今は、自分たちを包み込んでくれるような紫乃の存在が心地いいのではないかと感じるのだ。左京もそうだから。

そもそも高位のあやかしである左京には魅了の力が効いていないが、紫乃の言動に驚かされ、心が傾く。

自身の死を悟りながら、左京を道連れにするまいと毒について告白したのもそう。斎賀の血を引くのであれば、あやかしたちを顎で使ったとて彼らはそれがうれしいくらいなのに、きちんと感謝の気持ちを抱くのも然《しか》り。

それに、臓が蝕まれていて常に苦しいだろうに、手鞠や蘭丸を不安にさせないように笑顔を心がけるばかりか、無理をしてでもふたりの期待に応えようとする。

この屋敷でもっとも心配なのは、目の下の黒ずみが濃くなっている紫乃の体だ。

毒がじわじわと効いているのであれば、早く解毒しなければ心臓がもたないかもしれない。それなのにその本人が、他の者の心配ばかりしている。

その姿に、紫乃はやはり斎賀の血を引いているのだろうなと感じる。

斎賀家は、いわば奉仕の一族だ。魅了の力を用いれば、あやかしたちを意のままに操り、人間の世を支配することだって難しくなかったはずだ。

魅了の力が及ばない高位のあやかしは動かずとも、人間にはない能力を持つあやかしたちが集結して街を襲おうものなら、人間はあやかしの奴隷と化すか死すかの選択のみ。

ところが斎賀家は、それをしようとしなかった。ひたすら世の平穏を望み、ときには自分を犠牲にしても、人間を代表する陰陽師とあやかしの緩衝材となり続けたのだ。

紫乃の姿を見ていると、そうした振る舞いをしようとしているのが伝わってくる。ただし、間違いなく無意識に。

紫乃の部屋に左京が顔を出すと、すぐに食いつかれた。

「左京さま。颯さんがまたお出かけになっているとお聞きしましたが、なにか危険なことを？」

「お前が気にかける必要はないし、心配ない」

紫乃の心を乱さぬよう『心配ない』と伝えようとしたものの、『お前が気にかける必要はない』は余計だったかもしれない。

左京は感情を表情にのせるのが苦手なうえ、言葉の選び方も下手だ。それもあってか、紫乃は黙ってうつむいてしまった。

こうしたときはどうすべきか。蘭丸のように無邪気に微笑むのは、左京には難しすぎた。

それに、颯は法印が住まう危険な場所に赴いたのだ。紫乃をやきもきさせたくないのでそれを明かすつもりはないが、嘘をつきながら笑顔を作るのはもっと難しい。

「心配するなと言っているのだ」

焦った左京がかえって突き放したような言い方をしてしまったせいで、紫乃の体に無用な力が入ったのがわかる。

他者とかかわるのは難しい。

左京はつくづくそう思う。

颯や手鞠、そして蘭丸を拾い、同じ屋敷で暮らすようになったものの、これまでひとりで過ごした時間のほうが圧倒的に長いため、いまだ言葉の選択を間違えがちだ。

子供たちに対しても、最初は物言いが冷酷だったようで、颯がその都度、『その険しい顔はおやめください』だとか、『そんな言い方では、本意が伝わりません』だとか知らせてくれたため、多少はましになったはずだ。

そのうえ、颯が左京の心情をふたりに説明してくれていたようで、最初は距離を取っていた彼らも、今や遠慮なしに近づいてくる。

紫乃も自分に対して恐ろしい印象があるかもしれない。人間の血肉を食らう残酷なあやかしと思われていたので、余計にだ。

左京は自分の不器用さにあきれ、溜息をついた。すると紫乃が肩をビクッと震わせる。

なすことすべて裏目に出ているらしく、これ以上は口を開かないほうがいいのではないかと腰を上げた。

「左京さま」

すぐにでも出ていってほしいのではないかと思ったが、意外にも呼び止められる。

「どうした？　苦しいのか？」

慌てて戻り膝をついた。

「いいえ。いつも心配ばかりかけて申し訳ありません。でも、私は大丈夫です。左京さまのお優しいご配慮のおかげで、少しずつよくなっていますから」

「優しい？」

怖がらせているという自覚がある左京は、紫乃の言葉に首をひねった。

「はい。左京さまはお優しいです。ただ、時々言葉が鋭くて驚いてしまいますが」

「それはすまない」

それでは驚いているだけで、恐怖の念を抱いているわけではないのだろうか。いや、恐ろしくて本音を語れないのだろう。

あれこれ考える左京は、眉をひそめる。

「とんでもない。……私はきっと元気になりますから、そんなに難しい顔をしないでください。左京さまは微笑まれると、本当にお美しくて……。あっ、いえっ。男性に美しいとは失礼ですね」

紫乃が左京の微笑んだ姿を見たことがあるようなことを言うので、不思議に思う。

しかし次の瞬間、とあることに気がついた。

「もしかして、酒を飲んで醜態を見せたか？」

颯が意味深長に言葉を濁したのはそのせいではないのだろうか。

「醜態……？」

紫乃はそうつぶやいたあと、なぜか口元に手をやり隠す。

やはりみっともない姿を目撃して笑っているのだろう。

「すまな――」

「醜態などなにも。ただ、少し意外だったのです」

謝ろうとすると、紫乃が言葉をかぶせた。

「意外とは？」

「普段、あまり笑顔を見せられないのに、とても穏やかに微笑んでいらして。酔うと本性が出るなどとも言いますから、本当の左京さまはこちら——いえ、なんでもありません」

饒舌《じょうぜつ》に語っていた紫乃は、途中で口を閉ざしてしまった。

酔った左京はだらしがなくなると颯は言うが、穏やかに微笑むなどとは聞いたことがないし、そんな自分が信じられない。

「申し訳ない。今後は飲まないようにする」

「そうではなくて」

紫乃がいきなり語気を強めるので、驚いた。

「とても素敵な酔い方ではないでしょうか。普段は気を張っていらっしゃるのだなと思ったら、たまにはそうやって心を解放するのも必要だと思ったのです」

どうやらあきれられているわけではなさそうで、安心した。

左京は酒が好きで毎晩のようにたしなむのだが、程よく酔ったあとは心に立った荒波が収まっていることが多い。

天狗一族から追放されてから自由気ままな生活を送ってきたものの、紫乃の指摘通り気を張っているのかもしれない。ただし、まったく自覚はないが。

左京の険しい顔が自分のせいだと感じている紫乃の誤解を解きたい。大切な者を亡くして、毒で不自由になった体に苦しむ彼女に、これ以上の負担をかけるわけにはいかない。

「そう、か。……私は颯に顔が怖いとよく言われるが、怒っているわけではない。こういう顔なのだ」

なんと説明したらいいのかわからずそう伝えると、紫乃は小刻みに肩を震わせて笑いを嚙み殺している。

「なんだ？」

「お顔が怖く感じるとしたら、整いすぎていて隙がないからです。ただお言葉が少し率直すぎるとでも言いましょうか……。人はもう少し柔らかい物言いをするのです。あっ、違うか。わざと冷たい言葉をぶつけてくる人もいるか……」

紫乃はひとりでなにやら自問自答している。

「私、今までずっと周囲の人に恵まれていたんですね。食べる物はなくても、皆優しかった」

目にうっすらと涙を浮かべる彼女は、田舎の家族、そして亡くなった姉を想《おも》っているに違いない。

「それは、紫乃が優しいからではないか？」

「えっ？」

「優しくしてくれる者には、優しさを返したいものだ」

左京は斎賀一族について考えながら言った。

あやかしたちがこれほどまでに斎賀家のために力を尽くしたいと寄ってくるのは、魅了の力だけでなく、助けてもらった恩義があるからだ。

「そっか……」

しみじみと相槌を打つ彼女は、こぼれそうな涙をそっと拭って続ける。

「左京さまに助けていただいたんですものね。姉ちゃんの分までしっかり生きなくちゃ」

彼女は自身を鼓舞するように口に出すも、いまだ姉を犠牲にして自分が生き残ったという罪の意識からは逃れられていないようにも感じる。そのせいで、時折心がぽっきり折れてしまいそうな危うさが漂っていた。

毒に蝕まれたままの体は、このままでは長く持たない。生きたいという気持ちを強く抱いていなければ、あっさり空の向こうに旅立つやもしれない。

なんとしても解毒の実を手に入れなければ。

「そうだな。姉のことは残念だが、今の紫乃の言葉を、姉はきっと喜んでいる。早く体を治して、元気になりなさい」

「はい」

紫乃は笑顔でうなずくものの、肌の張りが徐々に失われている。多少は動けるようになった今、姿見で自分の姿を見ているはずなので気づいているに違いない。それに、臓の痛みや苦しさも増しているだろう。

もしかして紫乃は、自分の状態がよくないと気づいていながら、『しっかり生きなくちゃ』と口にすることで、気持ちを奮い立たせているのかもしれない。

左京は颯の帰還をもどかしく思いながら、一旦部屋をあとにした。

◇◇◇

颯がどこかに出かけたと聞いた紫乃は、不安でたまらない。どうやら左京は他のあやかしたちと戯れることはないようだけれど、あやかしの世は人間の世のように平穏ではない可能性もある。

幼い手鞠や蘭丸が、家族もおらずこの屋敷で暮らしている理由も、家族がなにかもめごとに巻き込まれてしまったのではないかと、推察しているのだ。

ただそれについて尋ねるのは、時期尚早だろう。ただの居候である紫乃が興味本位で首を突っ込んでいいものではないと思っている。

その翌日の夕刻、屋敷の玄関で大きな物音がしてひどく驚いた。紫乃とおしゃべりを楽しんでいた蘭丸と手鞠が、顔を引きつらせてしがみついてくる。

「なにかしら？　大丈夫よ、左京さまがいらっしゃるわ」

あやかしが住まう山中でなにがあるのかわからない紫乃は、緊張で手に汗握る。でも、ガタガタと震えだした蘭丸や、いつもは控えめなのに全力で紫乃に抱きついてくる手鞠をこれ以上不安にさせてはならないと、気丈に振る舞った。

「どうしたのだ」

すぐに左京の大きな声が耳に届いて、少し気が抜ける。その言葉から、別のあやかしが危害を加えに来たわけではないとわかったからだ。

「すみま、せん。しくじって、法印に……」

左京や颯より幾分か高い男の声に、聞き覚えがない。誰なのか首を傾げたが、それより苦しそうな息遣いが気になり、紫乃は耳をそばだてた。

「颯はどうした？」

左京の質問に、緊張が張り詰める。紫乃は手鞠と蘭丸を抱く腕に力を込めた。

「私を助けたあと、もう一度山に入りました。枯れたあの実を見つけたので、近くに必ずあるはずだと」

「ひとりで？」

〝あの実〟とはなんのことかわからないけれど、颯に危険が迫っていることだけは確信した。

「手鞠、手伝ってくれ」

その直後、玄関から左京の声が聞こえてくる。しかし、いまだ硬直したままの手鞠は、返事すらできないようだ。

「手鞠ちゃん、左京さまの声だから大丈夫。でも、私が行ってみるね。ここで待ってて。蘭丸くんも、ね？」

ふたりにできるだけ優しい声で話しかけた紫乃は、立ち上がって廊下に顔を出す。するど大きな男を肩に担いだ左京が、こちらに向かってやってきた。

「左京さま……。おけがを？」

よく見れば、担がれた男の指先から血が滴り、ぽとぽとと廊下に落ちている。

「紫乃か。手当てを手伝ってほしいのだが、手鞠はいないか？」

「手鞠ちゃんは、怖がっていて動けません。手当てでしたら私が」

「いや、お前の体のほうが重症だ」

「いいえ。今はその方の治療が優先です。こちらに」

左京は拒否するも、紫乃は折れなかった。瀕死の自分も救ってもらった。今度は恩を返す番だと思ったのだ。

ただし、紫乃の体はよくなるどころか、悪化している。手足の自由はかなり取り戻したものの、日に日に息が苦しくなり、いまや子供たちと会話を交わすのに頻繁な深呼吸が必要なほどだ。

それでも、できることがあるはずだと、紫乃は自分が寝ていた布団に左京を促した。

左京が男を布団に下ろすと、手鞠と蘭丸は部屋の隅で様子をうかがっている。

「颯の一族の者だ。危険ではない」

左京がそう伝えると、ふたりはようやく体の力を抜いた。

「けがをされているの。蘭丸くん、桶に水を汲んで持ってきてくれない？　手鞠ちゃんはきれいな手拭いをたくさんお願い」

紫乃はすぐさま男の脈を取りながらふたりに指示を出す。

「はい。行くわよ、蘭丸」

安全だとわかった手鞠は、蘭丸を引き連れてきびきびと動きだした。

「お着物を脱がせますね。ごめんなさい」

紫乃は男の帯を緩めて、襟元を開いた。右肩にある深い裂傷を見つけて、顔をしかめる。鮮血があとからあとから噴き出してきて重傷だ。

「ひどい……。どうしよう。お医者さまは？」

「あやかしには、そうした存在はいない。私も、深い傷の対処をしたことはない」

これはとても手に負えないと左京に尋ねたけれど、彼は苦しげな顔をして首を横に振る。

人間は多くの血を失うと命を落とす。あやかしも同じだとしたら、とても危険だ。

「紫乃さま」

手鞠と蘭丸がふたりで大きな桶に水を入れて持ってきてくれた。その姿を見て、弱気になっている場合ではないと、自分にかつを入れ、傷が子供たちの目に入らぬよう、一旦着物を戻す。

「ありがとう」

「ひどいのですか？」

畳にこぼれた血に気づいた手鞠が、深刻な表情で尋ねてくる。

「そうね。ちょっと傷が深いけど、きっとよくなる。一生懸命治すから、少し部屋を出ていてくれるかしら？」

努めて笑顔で伝えると、手鞠は「承知しました」と納得し、どうしても気になって男から視線を外せない蘭丸の手を引き、出ていった。

「傷をきれいにしたら、とにかく押さえます。今はそれしか……。でも、絶対に助けます」

なんの根拠もないけれど、姉たち三人を亡くしたばかりの紫乃は、必ず助けると自分に言い聞かせるように口に出して、手拭いを手にした。

傷についていた泥を洗い流して手拭いを置いて傷を押さえるも、出血は治まる気配がない。手拭いはたちまち血で汚れて、何度も取り換えなければならなかった。

脈は速く、屋敷に到着したときには会話ができていた男の顔が、どんどん青ざめていき声も聞こえてこない。

「私が代わろう」

「ありがとうございます。もう少しやってみます」

左京が交代を申し出てくれたものの、紫乃は治療の手を止められなかった。

医者にかかれない貧しい農村では、けがも病気も自分たちでなんとかするのがあたり前。紫乃も弟たちの擦り傷を、何度も手当てしてきた。しかし、これほど傷が深く出血が止まらないのは初めてで、さすがに動揺が走る。

「お願い、止まって」

紫乃が強く念じた瞬間、麗らかな春の日差しに照らされたように体が暖かくなり、たちまち焦りが消えて自信がみなぎってくる。

「必ず止まるわ。ううん、止める」

独り言をつぶやいた紫乃は、男の傷を押さえる手に全神経を集中させた。すると、春陽から授けられた生気が指先を通して男に移ったかのように、あふれていた血が止まっていく。

「これは……」

左京が驚愕《きょうがく》の声をあげているが、一番驚いているのは紫乃だった。明らかに自身の体の異変に気づいてから、男の血が止まりだした。とはいえ紫乃は『止まって』と願っただけ。

しかし血が止まるなら、この際なんでもいい。

「もう少し、もう少し」

男の傷がふさがっていくのと同時に、紫乃の心臓の鼓動が速まっていく。喉を掻きむしりたいほど息苦しくはあったけれど、男の命を見捨てることはできなかった。

「紫乃、もう止めなさい」

「まだです。もう少し」

紫乃の呼吸が浅くなっているのに気づいたのだろう。左京が手を握ってきたものの、拒否した。

「お前が危ない」

「はぁっ」

左京が紫乃の隣に来て肩に手を置いた瞬間、なにかがふと突き抜けたような感覚があり、男の出血が完全に止まった。

脱力して倒れそうになると、左京がたくましい腕で抱きかかえてくれる。

「無茶をしすぎだ」

この力はなんなのだろう。紫乃にはさっぱり心当たりはなかったけれど、男が助かったのなら、満足だ。

左京に抱かれたまま男の顔を見ると、頬にほんのり赤みが差し始め、青黒く変色していた唇も元に戻りつつある。男はきっと大丈夫だ。

「よかった」

「なにがよいものか。紫乃が死んでしまう」

紫乃を抱く左京の腕に力がこもり、心配をかけたことが伝わってくる。

「私は大丈夫です」

そう伝えたものの、今にも意識が遠のきそうだった。なんの力が働いたのか知る由もないけれど、ありったけの力を振り絞ったような強い疲労感がある。

紫乃は二度深呼吸をして、息を整えてから再び話しだした。

「颯さんは？　実とはなんでしょう？」

玄関でのふたりの会話について尋ねると、左京は不自然に視線をそらす。

「左京さま」

大切なことを隠されている気がして、左京の着物の衿《えり》をつかんで教えてほしいと懇願した。

「……颯は、紫乃を蝕む毒の解毒に使えると思われる実を探しに行ったのだ」

「えっ……」

まさか自分のために動いてくれているとは知らず、絶句する。

「それが筑波山にあると聞いて、火の鳥の仲間であるこの旭《あさひ》を連れていった」

左京は横たわる男に視線を移して言う。

「筑波山って」

紫乃の肌がたちまち粟立《あわだ》ち始める。

筑波山には、あの絵に描かれていた一族で、荒くれ者だという黒天狗がいると話していたからだ。旭も黒天狗にやられたのだろうか。

「そんな……。颯さんになにかあったら……。お願いです、颯さんを呼び戻してください。颯さんに危険を冒《おか》させてまでこの命が惜しいとは思えません」

気がつけば、必死に訴えていた。

姉の分まで強く生きると口にしたが、また誰かが自分を守るために命を落とすようなことがあれば耐えられない。

一生この息苦しさが続いても……いや、もしかしたら近い将来、この命が露と消えても、誰かを犠牲にするのだけはどうしても許容できなかった。

「紫乃」

険しい表情で紫乃の名を口にした左京は、紫乃の頬にかかっている乱れた髪をそっと直してから話し始める。

「お前の心の傷は簡単に癒えるものではないだろう。自分のせいで誰かが傷つくのが怖いのは仕方がない。だが、姉がつないでくれた命なのだ。生きられるのにそれを放棄するのは、私が許さぬ。生きると約束したはずだ」

「左京さま……」

「はるか昔から、あやかしにも人間にも無念の死を迎える者がいる。それを極力減らしたいと動いたのが斎賀一族だ。数多のあやかしが救われたが、私もそのうちのひとり。助けられた命は、なにがあっても放棄しないと決めている」

左京はその恩義があるから、斎賀の血を引くらしい自分にこれほどまでに親切にしてくれるのだろう。

「旭を癒したお前の力は、間違いなく斎賀の血を引く証。瀕死だった私が生還したのは、その力のおかげなのだ」

瀕死という言葉に、紫乃の顔が引きつる。毒を盛られた自身もまさに瀕死であったが、左京もそのような壮絶な過去があるとは知らなかった。

「紫乃は生きるべき存在だ。斎賀の運命を背負えと強要するつもりはない。斎賀家は今まで多くの犠牲を払いながら我々あやかしに平穏なときをもたらしてくれた。これ以上犠牲になってほしくはないし、今度は私たちが守る番だと思っている」

左京の美しい碧眼は、紫乃をとらえて離さない。

「でも、私がなにかをしたわけでは――」

「旭の命をつないだではないか。だがもちろん、颯の命をあきらめる気など毛頭ない。颯を助け、実も手に入れてくる」

左京が筑波山に赴くということだろうか。

ふたりも危険にさらせないと、紫乃はとっさに首を横に振った。

「紫乃が約束を守るのであれば、私も守ろう」

「約束……」

「そうだ。お前は私に生きろと命じた。だから颯を連れて必ず戻ってくる。その代わり、紫乃も守りなさい。なにがなんでも生き残りたいと思うくらい、強く生を渇望しろ」

時子の分も生きると言いながらも、日に日に息苦しくなっていく体の変調にも気づいていて、生きたいとどれだけ願っても無理かもしれないという弱い心が存在する。それを左京に見抜かれているかのようだ。

「強く……」

「そうだ。体が不調だから、心が揺れるのだ。必ず毒を抜いてみせる。私を信じろ」

相変わらず表情ひとつ変えず淡々と語る左京だが、その言葉は熱く、紫乃の心に突き刺さる。

紫乃が旭の命を守りたかったように、左京は紫乃を守りたいのだ。

もう二度と揺らいだりしない。心臓が動かなくなるその瞬間まで、生きたいとみっともなく抗ってみせる。

「信じます。左京さまを信じます。生き残ってみせます」

紫乃が宣言すると、左京は深くうなずいた。

◇　◇　◇

旭の傷を癒した紫乃の力に、左京はひどく驚いた。

見る見るうちに血が止まり、傷が小さくなっていくのを目の前で見たのは二度目だった。左京が幼い頃に陰陽師の呪術に縛られて動けなくなったところを刺され、斎賀家の女性に助けられたのが最初だ。そのときの胸の傷が、まだ残っている。

絶体絶命の状況に死を悟り、生きることを放棄しかけていたあのとき。助け出して左京の胸の深い傷に手を当てた斎賀家の澪《みお》という名の女性は、『生きたいと強く念じなさい。その気持ちがあなたを生かす』と左京を励まし続けた。

それまで、心を強く保つことの意味など考えたこともなかった。けれど、その助言通りに〝生きたい。死にたくない〟と強く念じたら傷は癒え、もともと黒かった髪や羽は呪術のせいで白くなったものの、生きながらえた。

だから左京は、紫乃にもそれを求めたのだ。

彼女の体を巡る毒は厄介で、一度血に溶け込むと自然には抜けてくれない。血に乗って何度も体を回るたび臓を傷つけ続けるため、症状は進行していく。

解毒の実を手に入れるまでは、紫乃自身の生きたいという力にすがるしかないのがもどかしいけれど、左京はそれにかけたかった。

紫乃が斎賀の血を引くから生かしたいというよりは、自身の命の期限を悟りながらも左京を巻き添えにせず『あなたは生きて』と諭したり、苦しさに顔をゆがめて肩を大きく揺らしながら旭に力を注いだりできる彼女は、純粋に生きるべき存在だと感じたのだ。

ただし、自分の命を放棄してでも他者を守ろうとする危うさが、少々気になる。もしかしたら、斎賀の血がそうさせているのかもしれないが、紫乃にも生きる権利はあるし、自己犠牲を強いるつもりはまったくない。

左京の腕の中で『必ず生き残ってみせます』と宣言した紫乃の目は、これまでとは違う強い覚悟が宿っている。

彼女は何度も、生きなくてはと口に出していたが、〝姉が生かしてくれたのだから〟という義務感が漂っていた。しかし、紫乃自身が生への執着を見せたと感じた左京は、解毒の実さえあれば必ず生きられると確信した。

力を使い果たしてぐったりした紫乃を自分の部屋に連れていき寝かせた左京は、手鞠と蘭丸に彼女と旭を託してすぐに屋敷を飛び出した。

颯が危険だ。

紫乃の魅了の力は、下位のあやかしほど強く働く。まだ力のない手鞠や蘭丸があっさりなついたのはそのせいだ。

颯は天狗ほどではないものの、力を持つあやかしだ。魅了の力をどの程度感じているのか定かではないものの、間違いなく影響を受けている。そのせいもあり、絶対に朱色の実を手に入れなければと焦っているような気がした。

頭が切れる颯は、いつもなら危険を回避するはずだからだ。けれど、紫乃の状態の悪化を実際に目にした彼は、彼女を守るためにあとに引けないと判断したに違いない。

魅了の力が多少なりとも働いていなければ……颯は見ず知らずの人間のために命がけで突っ込んでいったりはしなかっただろう。

幼い左京を助けた澪は、そうしたことを強く危惧していた。

『私があなたを助けたかっただけ。あなたは助けられたことを重荷に思う必要はない。私たちが持つ魅了という力が、意図せずあやかしたちを強く縛ってしまう。でも、私のために命をかけてほしいと思ったことは一度もないの。私の願いは、皆が与えられた寿命をまっとうすることだけ』

悲しげに微笑みながらこぼした澪の言葉の意味が、そのときはよく理解できなかった。しかし、颯のなりふり構わぬ行動に、澪の言葉の意味の深さを思い知る。

澪も紫乃も、自分のために他者が命を落とすことを望んではいない。絶対に颯を助け、紫乃も生かしたい。

左京は白い羽をはばたかせて、筑波山へと急いだ。

旭から実があると思われる大体の場所は聞いていた。

ただし、高位のあやかしである左京が動くと、多くのあやかしたちがその存在に気がつく。筑波山にいるのは法印の手下ばかりなので、すぐに法印の耳に入るだろう。

いかに短い時間で颯を見つけ、さらには解毒の実を手に入れてこの場を去るかが勝負になる。

そうできなければ、法印が争いを仕掛けてくるのは目に見えていた。

法印は、左京を天狗一族から追放した腹違いの兄だ。彼とその母は左京が甚大な能力を持って生まれたことに気づき、一族の次の頭の地位を奪われまいと、幼い左京を陰陽師に差し出した。もちろん、殺めさせるために。

自分たちが手を下せば、兄弟を殺害するというその残酷な行為に、少なからず反発する者が出るとわかっていたのだ。だから陰陽師にさらわれたと偽り、間接的に左京を亡き者にしようとした。

「結果は同じだったけどな」

その当時のことを思い出した左京は、ぼそりとつぶやく。

忠実な侍従であった颯にためらいなく矢を放ったように、法印の残虐性はとても隠せるものではなく、結局は筑波山を去る者が多数出て、求心力を失いかけたという。

手下の造反に焦った法印は、恐怖で彼らを縛りだした。

山から出ていこうとしたり逆らったりする者は、見せしめのように大勢の前で残虐な殺し方をし、ときにはその家族もろとも惨殺する。そのため、筑波山に残るあやかしたちは、自分や家族の身を守るために法印への忠誠を誓っている。

あやかしを恐怖で縛る法印と、魅了で縛る斎賀家。多くのあやかしが心奪われるのは、当然斎賀家のほうだ。

斎賀家は、あやかしすべてを亡き者にしたい陰陽師に滅ぼされたと噂されていたが、陰陽師を葬り去りたい法印にとっても好都合だったはず。斎賀一族の生き残りであることが濃厚な紫乃は、どちらからとも命を狙われる立場になる。なんとかして守らなければならない。

筑波山の麓に到着すると、見つかりにくいように木々すれすれの低空を飛びながら、旭から聞いた南の方角へと進んだ。颯が上空にいれば見つけやすいのだが、解毒の実は地上になっているため、下りて探しているはずだ。左京は目を凝らして必死に捜し続けた。

筑波山の空を飛ぶこと半刻ほど。西に傾いていた太陽がすっかり山の稜線《りょうせん》に吸い込まれて、夜の帳《とばり》が下りた。

天狗である左京は夜目が利くため、闇に包まれた夜でも難なく動ける。しかし颯はそうではないため、危険が増した。左京のように夜目が利くあやかしは他にもいるので、襲われる可能性があるのだ。

颯をなかなか見つけられない左京は、旭のけがが頭をよぎり焦った。

颯は過去に法印に深手を負わされている。それでもためらいもせずこの地に舞い戻ったのは、その命を救った左京への恩義と、紫乃の魅了の力ゆえだ。だが、左京も紫乃も颯の命と引き換えに欲しいものなどなにもない。

なにより、颯にもう二度と死の恐怖を味わわせたくなかった。

上空からではどうしても見つけられず、深い林の中に降り立った左京は、神経を研ぎ澄まして周辺の音を拾った。すると、あやかしのものと思われる多数の足音に気がつく。

颯が囲まれているやもしれないと感じた左京は、山を登り始めた。

しばらく行くと、二十体ほどのあやかしが集結した先に、身構える颯の姿を見つけた。攻撃を受けている颯の息は上がり、頬にできた傷には血がにじんでいる。見れば十数体のあやかしがすでに地に倒れており、倒しても倒してもきりがないのだと悟った。

「お前たちの相手は私だ」

背後から声をかけると、颯が安堵の表情を見せる。

「し、白天狗……」

その一方で左京に気づいたあやかしたちは、顔をひきつらせた。法印に、天狗の恐ろしさを嫌というほど思い知らされているからだ。

「我々は解毒の実が欲しいだけなのだ。お前たちを傷つけたくない。どうか見逃してくれないか」

法印なら邪魔な者は問答無用で殺めるだろうに、左京が下手に出たせいか、あやかしたちがざわつき始める。

「聞いたか？」

「解毒の実とはなんだ」

「白天狗を信じてもいいのか？」

あやかしたちの戸惑いは、左京にもよくわかった。

竹野内を信じて裏切られた紫乃のように、あやかしの間でも裏切りは珍しくないからだ。

「頼む。信じてほしい。朱色の小さな実を知らないか？」

問うと、髪の短い若い男がひとり近づいてきた。

「白天狗の噂は聞いている。誰ともつるまず、誰も殺めず、自由気ままに生きていると」

「まさか」

「本当か？」

男が大声で言うと、再びざわつきが広がる。

「白天狗が我々を殺めるつもりであれば、もう殺されているだろう」

「たしかに、法印さまはいきなり背後から斬りつけると――ウグッ」

法印の名を出した男が首を押さえていきなり倒れたため、たちまち空気が引き締まった。見れば黒い羽根が刺さり、血が噴き出している。

「やはり信じてはならん」

左京の仕業だと勘違いしたあやかしたちは、表情を硬くした。

「待て。首を見ろ。羽根は白いか？」

颯が指摘すると、男を殺めたのが左京ではないと気づいたようだ。

「ほ、法印さまだ」

よほど法印を恐れているのだろう。混乱するあやかしの一部が一目散にその場から散っていく。

しかしその直後、逃げた三人の首が一瞬にして飛んだ。

「腰抜けが。逃げるな。白天狗をさっさと殺めろ」

上空から法印の太くて凄みのある声が聞こえてくる。

「やめろ。仲間ではないのか」

左京が制すると、法印は目にかかる前髪をさらりとよけて鼻で笑った。

「これはこれは、元お仲間さん。勝手にこの山に足を踏み入れるとはどういうことだ」

法印は、颯にも侮蔑の眼差《まなざ》しを送る。

「そもそもこの山は、お前のものではない。誰が足を踏み入れようがとがめられる筋合いはないはずだ」

高尾の山も左京のものでは決してない。ただそこに住まわせてもらっているというだけ。

「随分大きな口を叩くようになったものだ。腰抜けの白天狗のくせして」

法印がバサッと羽を振ると、とてつもない数の黒い羽根が飛んでくる。左京も羽をはばたかせて風を作り、それらを跳ね返した。

「腰抜けだろうがなんだろうが構わない。お前の勝手な振る舞いで、これ以上他のあやかしたちを殺すな」

左京は憤りを抑えて、諭すように伝えた。

左京の髪や羽が白く変化したのも、危うく死にかけたのも、左京を助けるために陰陽師のところに乗り込んできた母がその場で絶命したのも、もとはと言えばすべて法印とその母が原因だ。

本当は今すぐにでも叩きのめしてやりたい。

しかし、ふたりが拳を交えるとしたら、この場にいる他のあやかしは巻き込まれてほとんどが命を落とす羽目になる。それでは、あやかしたちの命を必死につないできた斎賀家に顔向けができない。

ところが法印は、そんなことはお構いなしだ。すさまじい勢いで左京めがけて下りてきたため、さっと飛んで避けた。法印が下りたその場所には大きな穴が開き、周囲のあやかしたちが吹き飛ばされる。

「お前たちは逃げなさい」

左京は、筑波山のあやかしたちを遠ざけることにした。彼らが颯を傷つけたのは、侵入者を許さない法印の命令のはず。その指示に従わなければ、最悪の場合、一族郎党皆殺しなのだから同情するところもあるのだ。

「なにをしている。さっさと左京を捕らえて俺に献上しろ」

「できるわけがないとわかっているだろう」

下位のあやかしが二十、三十集まったところで、左京たち天狗との力の差は歴然としている。捕まえられないどころか、傷ひとつつけることすらままならないはずだ。同じ天狗である法印がそれをわからないはずはなく、いかに彼らの命を軽んじているのかがよくわかった。

「颯。ここは私が」

「御意」

颯は左京の思いを阿吽《あうん》の呼吸で読む。

左京が法印の前に立ちふさがると、颯はあやかしたちを誘導して逃がし始めた。

「こんなことをして、お前になんの得がある」

法印があきれたように言う。

「そっくりそのまま返そう。歯向かうことすらできないあやかしたちを殺めて、お前になんの得がある」

左京が正論を吐くと、法印は顔をゆがめてあからさまに不機嫌を表した。

「まあ、いい。最近高尾のほうから人間のにおいがするのだが、憎き陰陽師とでも手を組んだか？」

すでに紫乃の存在に気づかれているとわかり、一瞬たじろいだ。けれど、なんでもない顔をして法印を見据える。

「人間の嫁を娶《めと》ったのだ」

左京はとっさに嘘をついた。

紫乃が斎賀の血を引くことが濃厚となった今、陰陽師が虎視眈々《こしたんたん》と復権を狙っている人間の世に帰すのは危険すぎる。かといって、人間をあやかしの世にとどめておく理由がない。そもそもあやかしと人間は憎み憎まれる関係だからだ。

そうした状況では、紫乃を屋敷に置いておく大義名分が必要だった。左京の妻であれば、簡単に手出しはできないはずだ。

「嫁？　あははは。人間を嫁にするとは、ついに脳まで侵されたのか。陰陽師の呪術とは恐ろしいものだなぁ」

完全に馬鹿にしたような言い方に、怒りがふつふつと湧いてくる。左京の髪や羽が白く変化したのが陰陽師の呪術のせいだと知っている法印は、それを揶揄《やゆ》しているのだ。

しかし、ぐっとこらえた。

今は解毒の実が必要だ。怒らせてこの一帯がすべて吹き飛ぶようなことがあれば、その実が手に入らなくなるかもしれない。

「それにしても、人間を娶るとは。我が弟ながら、浅はかすぎてなにも言えぬ」

弟だと一度たりとも認めたことがないくせして、その言い草に反吐が出そうだった。無論、左京も法印を兄だと思ったことはないが。

「たしかに、陰陽師を筆頭に、あやかしの存在を認めず滅ぼそうとする人間がいる。実際私も、殺されかけたのだからな」

左京は法印に鋭い視線を突き刺しながら言った。

もちろん、抵抗できないほど幼い左京を、法印が無理やり陰陽師のもとに放り込んだことへの怒りだ。

「ほお、それは大変だったな。しかし、天狗の黒羽を失って情けない姿で山に戻ってきたのだから、さぞかし笑われたのだろう。そのとき死んでおけばよかったのに」

笑ったのは自分のくせして白々しい。

にやにやとだらしなく口元を緩める法印の首を、今すぐにへし折ってやりたい。けれど、紫乃の笑顔を思い浮かべて耐えた。

「妻はこの髪や羽を美しいと褒めてくれる。陰陽師のような人間ばかりではない」

紫乃はたしかに、『髪も、碧い瞳も、大きな白い羽もずっと見ていたいほど美しい』と言ってくれた。黒い羽を失いあぶれ者となった左京にとって、どれだけうれしい言葉だったか。

「話にならん。それで、この実がどうした」

法印は左京たちが探し求めていた南天ほどの大きさの小さな朱色の実を、これ見よがしに掲げる。

「その実を分けてほしい」

左京は素直に首《こうべ》を垂れた。

法印に頭を下げるなど屈辱以外の何物でもないが、紫乃の命を救うのが先決だ。

「お前も落ちたな。この実はたしか、解毒作用があるはずだ。その大切な人間の嫁が、その辺の雑草を摘んで食したのか？　やはり人間は阿呆《あほう》だ。ほら、恵んでやる。ありがたく思え」

法印は朱色の実をひと粒、左京に投げつけた。

「まあ、ひとつでは無理だろうけどな」

「お前！」

紫乃まで侮辱され、怒りが頂点に達する。

羽を大きく広げた左京は、法印に向かって足を踏み出そうとした。

するとそのとき、あたりがざわつき始め、異様な空気に包まれる。法印の手下がその数を増したのではないか思ったが、法印もまたいぶかしげな眼差しを周囲に送っていた。

深い霞の向こうからなにやら声が聞こえだし、次第に大きくなっていく。

「主さまのご命令だ」

「行くぞ、行くぞ」

「なんだ、これは……」

左京は思わず漏らした。どうやら法印にも聞こえているらしく、目を動かして動向を探っている。

「守れ、守れ」

「主さまの大切なお方」

声の数が増えてきたと思ったら、霞の中から数百ものあやかしたちが姿を現した。

彼らに囲まれた左京は、やはり法印の手下だったと構え直す。それなのに、あやかしたちはなぜか左京に背を向け、法印から守るように壁を作った。

「なんだお前ら」

法印は怪訝《けげん》な表情でつぶやいた。

「主さまを泣かせたら許さない」

「生きて戻るぞ」

――これは、もしや。

「左京さま、なにが起こっているのですか？」

あやかしたちを逃がして戻ってきた颯も、意外な光景に驚いている。

「私にもわからぬ」

「とにかく一旦引きましょう。逃がしたあやかしが朱色の実の在処《ありか》を教えてくれましたので、わずかですが手に入りました」

そうであれば、この地にとどまる理由はない。とはいえ、憎き法印に一矢を報いられる絶好の機会だと、心が揺れる。

「左京さまなら、法印に勝てるかもしれません。ですが、万が一のことがあれば、紫乃さまはどうなるのです？　毒に苦しんだまま命を落とすことになります」

颯の言う通りだ。

法印と左京の能力は五分五分。どちらが勝ってもおかしくはないし、このあやかしたちも相当数犠牲になる。絶対に勝てるという確証がない限り、買ってはならない喧嘩だ。

「冷静さを欠いた。すまない」

「お怒りはごもっともです。ただ、左京さまがけがでもされようものなら、きっと紫乃さまが心配なさいます。ご自分の体調など無視して看病されるはず」

やはり颯は洞察力が鋭い。

苦しさに顔をゆがめながら、旭の手当てを止めようとしなかった紫乃を見ていたかのようだ。

「高尾に戻ろう」

左京が決断を下すと、颯は力強くうなずいた。

「お前たち、ありがとう。ともに戻るぞ」

「ともに？」

左京があやかしたちに帰還を促すと颯は不思議そうな顔をするも、話はあとだ。

「逃げるのか？」

法印が挑発してくるものの、一瞥《いちべつ》した左京は紫乃のもとへ急いだ。

◇◇◇

旭の傷の手当てに力を使った紫乃は、気を失っていた。ふと目覚めるとすでに太陽は沈んでおり、空にはほのかに橙色《だいだいいろ》の余韻が残っていた。

紫乃が目を開いたのに気づいた蘭丸が、「起きた」と小さな声を漏らす。

「紫乃さま」

安心したような声をあげ安堵の表情を見せたのは、蘭丸の隣に座る手鞠だ。

「ごめんね。また心配かけちゃった。旭さんは？」

上半身を起こしながら尋ねる。

「疲れてお休みになっていますが、けがはすっかり治ったそうです。左京さまがそうおっしゃっていました」

手鞠がすこぶる冷静に教えてくれる横で、蘭丸は甘えるように腕に抱きついてきた。いきなり大けがをした旭が現れて紫乃が不安だったように、このふたりも必死に不安をこらえたのだろう。

「左京さまは？」

「颯さまを助けに行かれました」

手鞠は顔をこわばらせながら話す。

「そう」

左京を信じてはいるけれど、向かった場所が黒天狗の住まう筑波山なだけあって、心配は募る。

しかし、子供たちの前で沈んでいてはその気持ちが伝わってしまうと、紫乃は笑顔を作った。

「おいで。たくさんお手伝いしてくれてありがとう」

もじもじしている手鞠も紫乃に抱きしめてほしいのではないかと声をかけて手を広げると、照れくさそうにしながらも彼女は思いきり胸に飛び込んできた。

しかし勢いがよすぎて、ゴホゴホと咳《せき》が出てしまう。

「ごめんなさい」

「いいから」

深刻な顔で謝り離れた手鞠を、もう一度引き寄せてしっかり抱きしめた。

「困ったときはちゃんとお話しするわ。だから、手鞠ちゃんは自分のしたいようにすればいいの」

なにも我慢しなくていいと伝えたい。

「……うん」

弱々しい返事のあと、手鞠は紫乃の肩に顔をうずめてしがみついてきた。やはり、こうして抱きしめてほしかったに違いない。

蘭丸も負けじと紫乃の腕を強くつかむ。

「ふたりとも、とっても優しいのね。それに強い」

こんなに幼いのに、不安を胸に押しとどめながら左京の指示に従い、自分ができることをする。ふたりを見ていたら、負けてはいられないと感じた。

体調の不安があり、近い将来時子のもとに旅立つのではないかとうしろ向きな気持ちを抱えていたけれど、左京が解毒すると約束してくれた。

そうであれば、自分が持つという魅了の力や、旭の傷を癒した力を使って誰かの役に立ちたい。

それが生かされた自分の使命だと顔を上げる。

「ねえ、お屋敷の周りにあやかしがたくさんいるのよね」

「はい。今日も来ています」

紫乃からようやく離れた手鞠は、すっかり表情が柔らかくなっていて、笑顔で答えた。

「私、お屋敷から出てもいいかな？」

「紫乃さまが？」

蘭丸がきょとんとしている。

左京に拾われてから、竹野内の屋敷に行った以外は一歩も外に出ていないからだ。

「そう。お願いをしたいの」

「お願い、ですか……」

手鞠は不思議そうに紫乃を見つめたものの、にっと笑う。

「紫乃さまのお願いなら、大歓迎だと思います。だってお優しいんだもの」

今度は遠慮なしに胸に飛び込んできた手鞠との心の距離が近づいたと感じてうれしくなった。

「うん！　左京さまが、紫乃さまに会いたくて皆集まってるって言ってたよ。だからお願いも聞いてくれる！」

蘭丸もにこにこと笑顔を振りまきながら答える。

「そっか。それじゃあ行ってみるね」

左京がいないのに、多くのあやかしたちの前に立つのは少し怖い。

でも、自分のためにけがを負った旭や、危険だとわかっているのに筑波山に残った颯、そして彼を助け、解毒の実を手に入れるために向かった左京に任せてばかりはいられない。

「私も行きます」

「僕も！」

ふたりを連れていっても大丈夫なのかと思ったけれど、怖がっている様子はないので問題なさそうだ。紫乃もふたりがいてくれたほうが心強い。

右は手鞠、左は蘭丸と手をつないで、屋敷の門をくぐった。

一歩外に出ると、三月の終わりにしては生ぬるい風が頬をかすめていく。視界を遮るように立ち込めた深い霞にたじろぎそうになったものの、紫乃はもう一歩足を進めて、息を大きく吸い込んだ。

「あやかしの皆よ」

竹野内の屋敷で、左京は願うのではなく命じろと言った。だから少々偉そうな物言いをしてみたが、本当に大丈夫だろうかと顔がこわばる。

それにこうして大きな声を出すと、毒の影響なのか、心臓が激しく躍り苦しい。けれど、やめるわけにはいかなかった。

「主さま」

「主さまがお見えだ」

霞の中からたくさんの声が聞こえてきて、震えそうになる。しかし、自分を『主さま』と言ってくれるのだから大丈夫だと、もう一度口を開いた。

「お願いがあります」

「主さまのお願いだ」

「それは聞かないと」

「聞こう、聞こう」

そんな声が次第に近づいてきて、数えきれないほどのあやかしが姿を現した。人形のあやかしもいれば、蛇のような姿の者や、手足が何本もある得体のしれない動物のような姿の者もいる。

ドキリとしたものの、あやかしが住まう場所に足を踏み入れたのは紫乃のほう。敬意を払わなければと話し始めた。

「集まってくれてありがとう」

「主さまだ」

「うれしい。お顔が見えた」

口々に紫乃の存在を肯定するような言葉をつぶやいているので、緊張がほどけていく。

「主さまのご命令」

「欲しい、欲しい」

大合唱が続き、なんだか目頭が熱くなる。

これが魅了の力を使いながら斎賀一族が築いてきた絆《きずな》であれば、引き継がなければ。いまだ自分がそんな特殊な一族の人間であるのが不思議でたまらないけれど、これほど歓迎されては信じるしかない。

「それでは、命を下す。今、左京さまと颯さんが、筑波山にいらっしゃる」

「黒天狗だ」

「怖い、怖い」

筑波山と言うだけで、黒天狗がすっと出てくる。かなり有名なのだろう。しかも怖いとは。

畏怖の対象であれば、いくら命令しても手を貸してくれないかもしれないとも思いつつ、とにかく話してみることにした。

「とても危険な場所だと知っていますね？」

「もちろんですとも」

「黒天狗は荒くれ者だ」

次々に語られる言葉に、一抹の不安を覚えながらも続ける。

「左京さまたちを無事に戻したい。だから、手を貸して。左京さまたちを守りなさい」

一縷の望みを抱きながら大声で叫ぶ。

「行くぞ、行くぞ、筑波の山へ」

「主さまのご命令だ」

「座敷童、妖狐よ、主さまを守れ」

「私に続け」

驚くことに、まったく戸惑いも見せずあやかしの大移動が始まった。しかもその数、十、二十ではない。霞のせいでよくわからなかったが、もしかしたら百以上はいるのではないかと思われるあやかしたちが、見事に同じ方向に向かって進みだした。

「待って。もうひとつ命があります。必ず生きて戻ってきて。ひとり残らずよ」

深い傷を負った旭の姿を思い浮かべながら、紫乃はそう付け足した。

危険な場所に赴いてほしいと命じたのに、矛盾しているかもしれない。しかし、あやかしたちが紫乃を大切な存在だと認識してくれるなら、紫乃もまた同じ。誰にも死んでほしくない。

「承知！」

「生きる、生きて戻るぞ」

あやかしたちは紫乃の言葉をしかと受け止めてくれたようだ。

「紫乃さま、すごい」

紫乃の手を強く握った手鞠が漏らすものの、一番驚いているのは紫乃自身だ。

これだけの数のあやかしを操る自分が、魅了の力を持つことはもう疑いようのない事実だった。

「お願いします」

紫乃は去っていったあやかしたちの背中に向かって深々と頭を下げる。顔を上げると、蘭丸が表情を曇らせた。

「紫乃さま、つらい？」

旭の手当てからここまで、少し頑張りすぎたようだ。息が苦しくて肩を揺らしていることに気づかれてしまった。

「ちょっと息苦しいかな。お部屋で休んでもいいかしら？」

「こっちです」

素直に苦しいと伝えると、手鞠が手を引き屋敷の中へと引っ張った。

布団に潜り込むと、手鞠と蘭丸もあたり前のように入ってくる。

「たくさん心配かけてごめんね。左京さまと颯さんが、この苦しさを治してくれるって」

「本当？」

澄んだ瞳で紫乃を見つめる手鞠に、うなずいてみせる。

「うん。元気になるからね、必ず」

「紫乃さまぁ」

笑顔を弾けさせる蘭丸は、甘えるように紫乃の腕に頬を寄せる。

とはいえ、健康な体を取り戻したら、あやかしではない自分はもうここにはいられなくなるだろう。

たまらなく寂しくなった紫乃は、いつしかこの屋敷が心地いい場所になっていることに気がついた。

けれど、自分には帰る場所がある。父や母、そして弟ふたりの顔を思い浮かべて懐かしむも、中村ではなく斎賀の血を引いていることが引っかかっている。

そういえば……野田たちにこの山に連れてこられて死を覚悟したとき、見知らぬ男女の顔が脳裏に浮かんだ。

——あの人たちが斎賀家の人間？　まさか、本当の両親？

ふとそんなことを考えたものの、他に記憶はない。

「少し眠いです。ここで寝ていい？」

蘭丸が無邪気に聞いてくる。彼らも旭が駆け込んできてからずっと緊張していて、疲れたに違いない。

「もちろんよ。ゆっくりおやすみ」

ふたりの頭を優しく撫でてやると、あっという間に眠りに落ちていった。

体はひどく疲れているのに、左京や颯のことが気になり眠れない。

しばらく横になっているうちに呼吸が落ち着いてきた紫乃は、そっと布団を出て窓から朧月《おぼろづき》を見上げる。

「姉ちゃん、お願い。皆を守って」

ためらいなく動いてくれるあやかしたちに感謝し、願った。

その後、旭のところに向かった。

紫色をしていた唇に赤みが差していて、完全に峠は越えたと胸を撫で下ろす。

発熱していた旭を気遣い、誰かが気を利かせたのだろう。手拭いが額にのせてあったものの温《ぬる》くなっていたため、取り換えようと手に取った。

「左京、さま？」

「お気づきになりましたか？」

紫乃が声をかけると、旭は慌てた様子で上半身を起こす。

「ああっ、まだお休みになっていてください」

止めたのに、彼は正座をした。

柔らかそうなこげ茶色の短い髪がよく似合う彼は、紫乃をまっすぐに見つめて口を開いた。

「あなたは、もしや……」

「私からなにかを感じますか？」

「はい。斎賀さまですね。颯さまから、斎賀の血を引く方が生きておられたと聞きました。私たち火の鳥一族の者もその昔、陰陽師に殺められそうになったところを助けていただいたとか」

斎賀一族がしてきたことを耳にするたび、誇らしい気持ちになる。

「そうでしたか」

「あっ、颯さまは？」

「左京さまが助けに行かれましたから、心配しないでください。それに、屋敷の周りに集まっていたあやかしたちにも、手伝ってもらえるように頼みました」

「あやかしたちに？　さすがは斎賀さまです」

旭は涼しげな目を丸くして、驚いている。

やはり、あやかしたちに指示を出して動かすのは、簡単なことではないのかもしれない。

「いえ。あの……紫乃と呼んでいただけると」

斎賀さまと呼ばれてもしっくりこない。

「それでは、紫乃さま。申し訳ありません。私がしくじったために、解毒の実を手に入れられませんでした」

命からがら逃げてきたというのに、申し訳なさそうに頭を下げる旭を見て、彼らが斎賀家を大切に思ってくれるのはよい面ばかりではないと感じた。斎賀一族を守ろうとするばかりに、自分の命をないがしろにしてほしくないのだ。

「謝らないでください。皆さんが私のために動いてくださるのはとてもうれしいです。でも、私の一番の願いは、皆が無事に生きていること」

「紫乃さま……」

「だから、元気になられた旭さんは、私の願いを叶えたのです。ひとつあなたに命じます」

「はい」

眉をキリリと上げる旭は、真摯《しんし》な眼差しを送ってくる。

「私のために自分の命を犠牲にすることは正しくありません。これからもなにかお願いすることがあるでしょう。でも、決して死んではなりません」

「御意」

旭はかしこまって首を垂れる。

命じるという行為に慣れず、むずがゆいものの、これくらい強く絶対の命令として申し渡しておいたほうがよいのかもしれない。魅了の力がどれくらい働くのか紫乃には知る由もないけれど、過剰な服従を望んではいないとわかってもらいたいのだ。

陰陽師とあやかしの仲を取り持つことに力を注いだ斎賀の先祖たちも、ただひたすらに穏やかな世を望んだのではないかと思う。支配でも服従でもなく、共存したかっただけではないかと。

そのために必要な命令を下していただけで、優位に立とうとしていたわけではない気がするのだ。

「私、法印が放った羽根でけがをしたはずですが……」

旭は襟元から肩をのぞき、傷がないことに驚いている。

「それが、出血がひどくて押さえておりましたら、体が熱くなって傷がふさがっていったのです」

あのときの感覚は今でも容易に思い出せる。すっかり傷が癒えた頃にはへとへとになってしまったものの、春の陽だまりに包まれたような体は心地よく、満ち足りていた。

「なんと。斎賀家に伝わるお力でしょうか」

「それが、私にもさっぱりわかりません」

なにせ、斎賀一族の存在すら耳にしたことがなかったのだから。

「斎賀家は、癒しの一族とも言われています。決して他者を攻撃せず、縁を紡ぐ。魅了の力はその最たるもので、あやかしたちを惹きつけ傷つけ合うことを禁じます。それだけでなく、人間とあやかしの縁もつなごうとされた」

互いに傷つけあっていた陰陽師とあやかしとの間を取り持とうと尽力してきた斎賀家は、平穏な暮らしを望む者にとって希望だったのかもしれない。

「そんな一族ですから、もしかしたら傷を癒すこともできるのかもしれません。私は紫乃さまに出会えて幸せです。命を助けていただいたからには、生涯忠誠を誓います。どうぞなんなりとお申し付けください」

旭がひれ伏すけれど、どうしたらいいかわからない。

「顔を上げてください。私はそんなたいそうな人間ではありません。ですが、もし私があやかしの皆さんの幸せを守れるなら、そのための努力は惜しまないつもりです。でも、ひとりでできることなんて知れています。きっと旭さんのお力が必要になるときが来るでしょう。そのときはよろしくお願いします」

斎賀一族の持つ力についてよく知らないくせに、大きな口を叩いているのは承知している。けれど、誰かが傷ついたり理不尽に命を落としたりするのを見るのはもう嫌だ。

「もちろんです。ところで紫乃さま。随分お顔の色が悪いようですが」

「そうかしら？」

旭の傷を癒すのに、あるだけの力を振り絞ってしまった。しかし、力の制御方法など知らないので、致し方ない。旭がこうして生きているのだから、後悔はなかった。

「筑波の法印は残酷で強い。でも、左京さまはそれ以上だと聞いています。他のあやかしたちも加勢してくれたのなら、必ず無事にお戻りになります。どうかお休みください」

旭を休ませようとしたのに、逆に休むよう勧められてしまった。

「そうします。あの……ひとつお聞きしても？」

「はい、なんなりと」

「黒天狗と白天狗は、別の一族なのですか？」

同じ天狗でも、なにかが違うのだろうか。

「いいえ、白天狗は左京さまだけ。他の天狗は皆、黒い羽を持つ黒天狗です。それに、左京さまも幼少の頃は黒い羽に黒髪だったとか」

「えっ？」

あの美しい銀髪と純白の羽があまりにしっくりきているので、黒い髪の姿を想像できない。

「私はあまり詳しくは知りませんが、法印は左京さまの兄上だと聞いたことがあります」

「兄弟なんですか？」

驚愕の事実に、声が大きくなってしまい口を押さえた。

「ええ、腹違いだとか。どうして対立しているのかとか、なぜ左京さまの髪や羽の色が変わられたのかとかいったことは、私は存じません。天狗は残虐なあやかしの代表格です。ですが左京さまはそれとは真逆の稀有な存在だと、颯さまが盛んに話されます」

紫乃は深くうなずいた。

あまり笑いもしない左京は冷たくも見えるが、心優しいあやかしだ。それに酒に酔ったときの彼が、素の姿ではないかなんてひそかに思っている。

「そうしたことは、左京さまご本人に聞かれたほうがよろしいかと。まずは体をお休めください」

「そうね。そうします」

紫乃は素直に助言を聞き入れて、子供たちが眠る部屋へと戻った。

旭に休むとは言ったものの、目が冴えていて眠れそうにない。左京たちを心配しながら窓から外を眺めているうちに、突然猛烈な疲労感に襲われた。

気を張ることでなんとかつなぎとめていた意識が遠のきそうになり、紫乃はその場に突っ伏した。

やはり、毒がじわじわと体を侵蝕《しんしょく》している。急速に具合が悪化していき、心臓が突然止まってしまうのではないかという不安に襲われる。

「紫乃さま？」

目覚めた手鞠が慌てた様子で近寄ってきて顔を覗き込んでくる。

「紫乃さま！」

手鞠の声で起きた蘭丸も、駆け寄ってきた。

「大丈……夫」

心配かけたくない一心でそう伝えるも、誰かに首を絞められているようで苦しくてたまらない。

だらしなく口を開いて酸素を貪ってもまったく足りず、勝手に涙があふれてくる。

「紫乃さま、頑張って」

一瞬最期を覚悟したけれど、泣きそうな手鞠の声で我に返った紫乃は、左京との約束を思い出した。

──生きたい。必ず生き残る。

そう心の中で念じたそのとき。

「紫乃！」

障子が開き、左京が駆け寄ってきた。

「左京、さ……」

「どうしたのだ。苦しいのか？」

喉に手をやり呼吸を繰り返すので精いっぱいで、返事ができない。

「お前たちは出ていなさい」

「でも」

左京が子供たちに退出を迫ったものの、心配なのだろう。蘭丸が拒否を示す。

「紫乃と約束したのだ。必ず助ける」

「承知しました。行くわよ、蘭丸」

手鞠も同じように不安だろうに、キリッと表情を引き締めて蘭丸を引きずるようにして出ていく。

「颯」

「ここに」

子供たちと入れ替わりに部屋に入ってきた颯の元気な姿が曇った視界の向こうにかすかに映り、紫乃は安心した。自分が重症だというのに変かもしれないけれど。

「紫乃。解毒の実を手に入れてきた。少し苦みがあるが噛み潰せるか？」

返事をする代わりに、左京の腕を強くつかむ。

できるという意思が伝わったらしくうなずいた左京は、颯から小さな実を受け取って開いた唇の隙間からそれを三粒入れてくれた。

舌で奥歯に持っていき一気に噛むと、おいしそうな朱色の見た目とは違い、苦い果汁が口いっぱいに広がる。しかしこれで毒が抜けるのだと、唾液と一緒に飲み込んだ。

「あと二粒ある。もう一度」

紫乃の喉が動いたのを確認した左京は、再び実を口に入れた。同じように噛み潰して胃に送ったが、息苦しさは消えてくれず、ぐったりと体を左京に預けた。

「頼む。効いてくれ」

（ありが、とう）

自分のために命がけで実を探しに行ってくれた颯。そして彼を救うために動いた左京。さらには斎賀一族としては未熟な紫乃の命を聞き、恐ろしいはずの法印のもとへと向かったあやかしたち。

彼らに感謝の気持ちを表したくて口を動かしたのに、声が出なかった。

「紫乃。だめだ。逝くな」

左京が焦りを纏った声で叫ぶ。いつも冷静なはずの彼が動揺を見せるので申し訳なく思うけれど、どうにもならない。

よくなるどころか体じゅうの臓器が燃えるように熱くなり、呼吸が乱れた。

（生き、る。生き……たい）

生への執着を必死に叫んだものの、どうしても声にはならず、紫乃の意識は途絶えた。

白天狗のかりそめ花嫁

「今宵は月がきれいだ。お前も見たいだろう？」

どこかで優しい声がする。

とてつもない長い旅に出ていたような、そしてようやく帰るべきところに戻ってきたような感覚があるものの、なにが起こっているのかよくわからない。

「お前はこの髪を美しいと言ってくれたな。誰もが黒髪を失った私をあざ笑ったのに、褒められたのは初めてだった」

再び聞こえてきた穏やかな調べに誘われるように、紫乃はまぶたを持ち上げた。すると、猪口を片手に窓から空を見上げる左京の姿が視界に入る。

「左京さまの御髪は、とっても美しいですよ」

「紫乃？　目覚めたのか？」

慌てる左京が紫乃の枕元に駆け寄ったため、倒れた徳利から酒がこぼれている。しかし彼はそれを気にかけることなく、紫乃の手を握って顔を覗き込んだ。

「そんなに焦って、どうされたのですか？」

「どうしたとは……。お前が目覚めるのを幾日も待っていたのだ」

「幾日も？」

そう言われて、解毒の実を口にしたあと倒れたのを思い出した。

「苦しくない」

上半身を起こすと、意図せず左京の顔との距離が近くなり、不自然に目が泳ぐ。

「そうか。よかった」

安心したように頬を緩めた左京が強く抱きしめてくるので、紫乃は目を見開いた。

「左京、さま？」

「あの実は、毒と反応すると一時的に強い反作用が出るそうなのだ。それを颯から聞いていたのに、紫乃が苦しみながら気を失ってどれだけ焦ったか」

それであのとき、臓という臓が燃えるような感覚があったのかと、納得した。

「それでは、もう毒は抜けたのでしょうか」

問うと、左京は紫乃の背に回した手の力をようやく緩める。

「そうだ。目覚めなくてやきもきしたが、すっかり唇が桜色に戻っている」

酒が入っているからか、少し潤んだような目で見つめられ、さらには唇を指で撫でられたせいで、鼓動がたちまち勢いづく。

これは間違いなく毒のせいではなく、どことなく艶《あで》やかな左京の視線のせいだ。

「よかった。私、生きられるんですね」

「もちろんだ。紫乃が生きたいと念じたおかげだ」

「はい」

そういえば、意識が遠のく前に、生きたいと叫んだような。声は出なかったはずなのに、左京はちゃんと気づいてくれた。

「あっ、あやかしたちは無事ですか？」

気を失う前、左京と颯の無事は確認したけれど、紫乃が助けてほしいと命を下した多くのあやかしたちの安否を知らない。

左京の腕をつかんで尋ねると、穏やかな顔でうなずいた。

「私や颯を助けるようにと命じたそうだな」

「……はい。私が皆さんに命じるなんて、おこがましいのですが」

魅了の力が備わっていると知り、都合のよい使い方をしてしまったのではないかと心配になる。けれどあのときは、左京たちを助けたい一心だった。

「おこがましくなどない。斎賀一族たる正しい使い方だ。彼らはしっかり私を守ってくれた。おかげで、無事に戻ることができたし、誰ひとり傷ついてはいない。死ぬなとも命じたそうだな」

「……はい。危険を冒せと言っているのに死ぬななんて、きっと混乱したでしょうね」

我ながら、まったく統一性のない命令だったと紫乃は反省した。

「いや。皆、お前の優しさに胸を打たれたようだ。力のないあやかしほど、魅了の力は強く働く。それに加えて斎賀の者に助けられた一族も多い。皆、紫乃のためなら命を捨てるくらいの覚悟がある――」

「嫌です」

紫乃は首を横に振りながら、左京の言葉を遮った。すると彼は、ふと口角を上げて優しい顔を見せた。

「だろうな。斎賀の者は、皆そう口をそろえる。人間でありながら、あやかしに寄り添おうとするのは、斎賀一族だけだ。私も、斎賀家の澪という女性に強く生きることを教えられた」

「それが美しい方、ですね」

尋ねると、彼はうなずいた。

もっと左京の過去を知りたい。けれど、深く尋ねるのはやめておいた。心の傷になっているのであれば、打ち明けてくれるのを待ったほうがいい。

「手を貸してくれたあやかしたちに、お礼を言わなくては」

「紫乃のために動けて満足しているのだ。そんな必要はない」

「ですが、感謝の気持ちは言葉で表したほうが絶対にいいですから。今も、屋敷の周りにいるのでしょうか」

「ああ。入れ替わり立ち替わりではあるが、紫乃のそばにいたいのだ。魅了の力が及ぶ場所にいると、心落ち着くものだからな」

傷を癒す力といい、斎賀一族に備わる力は本当に不思議だ。しかし、誰かを傷つけるような力でなくてよかった。

「窓から叫んだら声は届きますか？」

「届くには届くが、もう夜も遅い。明るくなったら、手鞠や蘭丸まで起きるぞ」

「あ……。そうでした。明るくなったら、皆のところに行ってもいいでしょうか？」

あやかしたちと明るい日の下で対峙するのは、本当は少し緊張する。人形でないと、どうしても顔がこわばってしまうからだ。でもそれは失礼だろう。

「私からも報告がある。一緒に行こう」

左京がそばにいてくれるなら大丈夫だ。

「報告とは？」

「少し酔っているようだ。覚めてから話そう」

大切なことであれば、そのほうがいいかもしれない。

言葉ははっきりしているし、会話の受け答えも淀みない。けれどやはり酔っているとわかるのは、目を細めたり口の端を上げたりと、いつもは見られない表情をするからだ。

「承知しました」

久々に呼吸を乱さず会話ができる幸せを噛みしめる。もっと左京と言葉を交わして、彼を知りたいという願望が湧き起こるのはなぜだろう。

「左京さま」

「なんだ？」

「月を……左京さまと見たいです」

以前も彼に抱かれて星影を隠すほど輝く月を見上げたとき、とても心が穏やかになったのを覚えている。

あのとき彼は、月を『暗闇をさまよう者のたったひとつの希望』と話したが、だとしたら紫乃にとって月は左京なのではないだろうか。

毒に侵され死を覚悟したとき、手を差し伸べてくれた。姉を犠牲にして生き残ってしまった罪悪感にさいなまれたときも、生きろと諭してくれた。そして、臓を蝕み続けていた毒を抜き、もとの健《すこ》やかな体に戻してくれた。

絶望という頑丈で高い壁に阻まれて身動きが取れなくなっていた紫乃に、左京が希望の光を照らしたのだ。生きたいと強く願えたのも、彼のおかげ。

そんな彼に感謝しながら、月の淡い光を浴びたい。

「それはねだっているのか？」

「ねだる？　そ、そういう……わけでは、決して」

意外な指摘にしどろもどろになる。すると左京は目を細めた。

酔った彼には、いつもどぎまぎさせられる。

「左京さまがお嫌でしたら——」

「誰が嫌だと言った？」

「嫌ではないのですか？」

「ああ。誰かになにかを望まれるというのはうれしいものだ。いや、紫乃だからか」

『紫乃だからか』の意味が呑み込めないものの、『誰かになにかを望まれるというのはうれしい』は同意する。

弟たちに頼られるのは大変ではあったがうれしかったし、生きる原動力となっていた。この屋敷でも、手鞠や蘭丸が紫乃に抱きつき満ち足りた表情をしているのを見るだけで、心が躍る。

立ち上がった左京は、いきなり紫乃を抱き上げた。

「さ、左京さま？　もう毒は抜けました。歩けます」

酔って記憶が混濁しているのかもしれないと思い伝えると、左京はなぜか少し不機嫌になる。

「抱きたいのだが、だめか？」

「は？」

　とんでもない発言に、紫乃は瞬《まばた》きを繰り返した。

「紫乃が私を魅了するのだ。お前のせいだ」

　耳元で甘くささやかれ、頬が赤くなっていないか心配になる。とにかく、酔ったときの左京の色気がすさまじいのだ。

「私のせい？」

「そうだ。紫乃のせいだ。だから観念しなさい」

　魅了という能力には、触れたいと思わせる効果もあるのだろうか。だとしたら、自分のせいかもしれないけれど、さすがに恥ずかしすぎる。

　紫乃を抱いたまま窓際まで行った左京は、あぐらをかくと以前のように膝に紫乃を乗せて背中から抱きしめてきた。

　面映ゆくてたまらない紫乃は、月が見たいなんて言わなければよかったと後悔したものの、こうして包まれていると安心できる。

　ただ、心臓がドクンドクンと大きな音を立てていて、毒に蝕まれていた頃のように呼吸が苦しい。

「紫乃」

　耳にかかる左京の吐息が、くすぐったいやら照れくさいやら。

「は、はい」

「月は見ぬのか？」

「あっ、見ます！」

左京の言動に惑わされて、月のことなど頭から飛んでいた。

「面白い女だ。それに、肝も据わっている」

「それは、褒めていただいているのでしょうか？」

遠回しに、じゃじゃ馬だと言われているようにも聞こえる。否定はしないが。

「もちろんだ」

左京はくすくす笑う。

こんなふうにいつも声をあげて笑えばいいのに。

そう思ったけれど、凛々しい左京も素敵だ。

「あっ……きれい」

思わずそう漏らしたのは、満月に照らされた桜並木が見えたからだ。月の光に照らされるのを喜んでいるかのように、花びらが空にひらひらと舞っている。

「咲いたんだ」

あやかしたちに手を貸してほしいとお願いに出たとき、屋敷の周辺の桜はまだつぼみだったのに、いつの間にか花開いていた。

「紫乃に早く見せたかった。目覚めてよかった」

左京は切なげな声でささやくと、紫乃の腹に手を回して強く抱きしめてくる。

一体どれだけの心配をかけたのだろう。

「左京さま」

「どうした？」

紫乃が左京のほうに顔を向けると、彼は少し首を傾げる。艶のある銀の髪がふわりと風になびいて、その美しさを際立たせていた。

「たくさん心配してくださって、ありがとうございます。私に生きろと諭してくださって……」

胸に込み上げてくるものがあり、声が震える。

大切な姉を目の前で亡くし、生死をさまようという壮絶な経験は、紫乃に絶大なる絶望をもたらした。左京の温かな気持ちがなければ、こうして桜を見て心を震わせることは叶わなかったはずだ。

「誰かに生きていてほしいと願ってもらえるのは、本当に幸せなことです。つらい思いもしましたが、左京さまに出会えてよかった」

笑顔を作って吐露《とろ》すると、今度は向き合ったまま強く抱きしめられた。

「今まで、生きることが務めだと思っていた。だが紫乃に出会って、それが喜びに変わった」

「えっ？」

生きることが務めだとは、どういう意味なのだろう。それに、紫乃は左京を殺める餌として送り込まれたのに、喜びに変わったとは……。

「私はずっとつまはじき者だったのだ。この銀髪も白い羽も、天狗一族にとっては恥さらしでしかなく――」

「そんな」

紫乃は左京から少し離れて、まっすぐに目を見つめる。左京もまた真摯な表情で視線を絡めてきた。

「他の天狗と見目が違うからという理由でしたら、本当に馬鹿らしい。私は他の天狗についてよくは知りませんが、あの絵のように人間の肉を食らい血をすすり、満足げな顔をしている黒天狗と左京さまを、並べてほしくない。恥さらしは黒天狗のほうです」

なぜ他者の命を奪う者が崇《あが》め奉《たてまつ》られて、命を救う者が蔑まれなければならないのか。

紫乃の心は憤りでいっぱいだ。

「そんなふうに怒ってくれるのは、紫乃が初めてだ。私のこの髪を美しいと言ってくれたのも。……私は幼い頃、陰陽師に呪術をかけられて命を落とす寸前まで行った」

左京の衝撃の告白に、目を瞠る。

彼にも苦しい過去があるとは聞いたが、まさか陰陽師のせいだったとは。

「そのときに、髪も羽も白くなってしまったのだが、つまはじき者にはなろうとも、助けてくれた澪と生きる約束をしたから、これまで生きてきた」

左京がこれほど胸の内をさらすのは初めてだ。それだけ重要な話をしているのだと、紫乃は途中で言葉を挟むことなく耳をそばだてた。

「しかし、どこかでそれを義務のようにも感じていたのだ。ただ、紫乃の『あなたは生きて』という言葉が妙に胸に突き刺さった。澪と同じように生きろと言っているのに、自分の命と引き換えに私を生かそうとした紫乃の言葉に、なぜか強い衝撃を受けた」

あのとき紫乃は、自分の命はあきらめていたのだけれど、左京の命は守らなければと思った。彼の命を奪う権利は誰にもないから。

「これまで私は、澪との約束を果たすために生きているのだとばかり思っていた。しかし、紫乃に生きるように諭されたとき、生きることは義務ではなく、私自身の願望だとようやく認められた。羽や髪の色が変わってしまってから、生き恥をさらしているのではないかという気持ちから、約束を果たすために生きているのだという言い訳ばかりしていたからな」

もしも自分のひと言が左京の素直な気持ちを引き出したのであれば、とても光栄だ。

それにしても、義務だと思わなければ生きてこられなかった彼の心の傷の深さに、胸が痛む。

「あのとき、もしかしたら今度は私が、紫乃にとって必要な存在になれるのではないかと錯覚した」

「錯覚なんかじゃありません。颯さんも、手鞠ちゃんも蘭丸くんも、左京さまを頼りにしているでしょう? 私もそうです。左京さまにとってはなんの利もないのに、解毒の実まで力を尽くして探してくださった。左京さまは私にとって、とても大切な存在なのです」

思えば、野田たちに置いていかれたのが高尾山でよかった。出会ったのが左京でなければ、自分の命は間違いなくなかったはずだ。

「斎賀一族として命じます。あなたは生きて。もっと生きたいと叫んで。あなたは私たちにとって必要な方だから」

紫乃がそう伝えると、左京は目を見開いている。

澪という名の紫乃の先祖は、彼に生きることを義務づけたかったわけではなく、純粋に生きてほしかっただけのはず。けれど、黒い羽や髪が白くなるほどの壮絶な出来事のせいで、左京自身がそう受け取ってしまっただけだ。

ならばもう一度、斎賀家からの新たな命令を下そうと思った。

瞬きを繰り返す左京が、なにも言葉を発しないので、とんでもないことを言ってしまったのではないかと焦る。しかしその直後、左京の頬が緩んだ。

「御意。肝に銘じます」

「ああっ、偉そうにすみません」

左京がかしこまるので、紫乃は冷や汗が出る。

「お前はそれでよい。凜としている姿は美しいぞ」

「う、美しいなどと……」

そんなに整った顔で言われても困る。美しいのは左京のほうだから。

「耳が赤いな。恥ずかしがっているのか？」

「キャッ……」

いきなり耳朶《はにか》を食まれて、高い声が出てしまう。

「私のこの髪が好きか？」

左京は解かれている自分の髪に触れる。

「はい。お世辞でもなんでもなく、本当に美しいですもの。とくに月明かりの下では輝いています」

光を纏った左京の銀髪は、空にまたたく星のように輝く。こうして改めて近くで見ると、触れてみたいという衝動に駆られるくらいだ。

「そうか。この髪は落ちぶれた者の象徴のようなものだと思っていたのだが……。お前に褒められるのは悪くない。好きにしてもいいぞ」

左京は酔うとまったく性格が変わる。いや、変わるのではなくこちらが素なのか。とてつもなく色っぽくて、少し意地悪で、けれどとろけそうなほどに甘い。

「そ、それでは失礼します」

お言葉に甘えた紫乃は、銀髪をひと束手にしてその感触を確かめる。

「思った通り。柔らかい。それに、さらさら」

紫乃は貧しかったゆえ、髪の手入れになど気を回せたことがなく、左京の髪がうらやましい。

「私はお前の髪が好きだぞ」

今度は左京が紫乃の長い髪を手にしてそっと唇を押しつけるので、息が止まりそうになる。

「いえっ、ぼさぼさでお恥ずかしい」

「手鞠に整えさせよう。あいつはこうしたことが好きだ」

たしかに手鞠は、いつも紫乃の髪をつげの櫛《くし》で丁寧にといてくれる。横になってばかりだったのに、椿の油をつけることも忘れずに。

「手鞠も蘭丸も甘えさせてくれてありがとう」

「えっ？」

「紫乃は私たちにとって必要な人間だ。お前も約束を忘れるな」

生きるという約束のことに違いない。

「はい」

「さて」

左京は柔らかな表情で、月に視線を送る。月を見たいと誘ったのは紫乃なのに、そんなことはすっかり忘れていた。

左京の膝から下りようとすると、しっかり腰を抱えられて止められてしまう。

「どこに行くのだ」

「どこにって……」

「お前の場所はここだ。逃がさぬぞ」

どこか楽しげな左京は、甘えるように紫乃の頬に自分の頬をぴたりとすり寄せる。

「さ、左京さま？」

「お前にこうして触れていると落ち着く」

『私は落ち着きません！』と叫びたかったものの、左京が穏やかな表情で微笑んでいるので、そのままでいることにした。

これも、斎賀一族が持つ魅了の効果なのだろうか。むずむずするほど面映ゆいものの、決して嫌ではなかった。

体が元気になった今、もうこの山を下りなくてはならない。いくらあやかしに歓迎されるという斎賀の血を引いていたとしても、自分は人間であり異物なのだ。これ以上左京たちに迷惑をかけるようなことがあってはならない。

それに、田舎の家族も心配だ。

ふとそんなことを考えると、妙に寂しくなってしまい、こっそり左京の着物の袖を強くつかんだ。


暁光が美しい翌日は、とてもすがすがしい朝となった。

体がすっかり軽くなった紫乃は、窓を開けて大きく息を吸い込む。空気がおいしいなんて、初めて知った。

もう心臓も胃も、熱くない。

昨晩左京と見た桜並木が、太陽の光を浴びて輝いている。空の青さのせいか、月明かりのもとで見たそれよりも淡い色に見え、それはそれで一幅《いっぷく》の絵のような素晴らしい光景だった。

「おはよう」

紫乃は口に手を当てて、今朝もいるかもしれないあやかしたちに向けて、大きな声で叫んだ。

「いつも守ってくれてありがとう」

そう付け足すと、障子が勢いよく開いて蘭丸が胸に飛び込んできた。

「紫乃さまぁ、おはようございます」

「蘭丸。紫乃さまのお部屋に入るときは、許可をいただいてからだと左京さまに言われたでしょう？」

お小言をつぶやきながら姿を現したのは手鞠だ。あきれ気味の彼女に、「おいで」と声をかける。すると手鞠は恥ずかしそうにはにかみながらも、蘭丸と同じように腕の中に飛びこんできた。

「おはよう」

「紫乃さま、よかった」

手鞠が涙声なのに驚いた。蘭丸とは違い常に冷静そうに見えていたからだ。でも、そう見えるだけで、やはり心は年相応の女の子なのだろう。

「いっぱい心配かけたね。ふたりとも、たくさん手を貸してくれてありがとう」

幼いながらも、奮闘してくれた。感謝でいっぱいだ。

「うん。お嫁さまになるんだよね」

目をくりくりさせる蘭丸が、うれしそうに聞いてくる。

「お嫁さまって？」

「紫乃さまはお嫁さまになるって、左京さまがそう」

手鞠まで言うので、蘭丸の勘違いではなさそうだけれど……。

「お嫁さまって、誰の？」

寝耳に水で首をひねっていると、障子の向こうから「私だ」という左京の声が聞こえてきた。

「入るぞ」

「は、はい」

なんのことかさっぱり呑み込めないうちに、左京は颯を伴って部屋に入ってきた。

しかも颯は、なぜか花嫁衣裳を大切そうに抱えている。

「あの……どういう……」

「紫乃は今日から私の妻だ」

酒はすっかり抜けたのだろう。昨晩、甘い言葉を口にして紫乃を翻弄《ほんろう》した左京の姿はどこにもなく、微笑みひとつ見せず『私の妻だ』と冷酷に言い放たれても、戸惑いしかない。

紫乃はただただ瞬きを繰り返した。

「左京さま、紫乃さまが困っていらっしゃいます。もう少し丁寧にご説明を」

颯が気の利いた助言をしてくれる。

「手鞠、蘭丸。祝言《しゅうげん》の前に腹ごしらえだ。準備してくれ」

「かしこまりました」

腹の前で両手を合わせて丁寧に腰を折る手鞠と、「えー」と紫乃から離れようとせず不貞腐れる蘭丸の言動が違いすぎる。

自分が臥せっている間、こうやって構ってほしいのをずっと我慢していたのだろうなと思った紫乃は、膝をついてふたりをもう一度抱き寄せた。

「私が元気になるのを待っていてくれてありがとうね。ふたりがいつも近くにいてくれて、うれしかった。もうひとつお願いしたいなぁ」

「なあに？」

「なんでしょう」

蘭丸と手鞠が同じように左側にちょっと首を傾げるのがかわいらしい。

「私、体の調子が悪くて手鞠ちゃんが作ってくれたお食事も少ししか食べられなかったでしょう？　でも、もうきっとたくさん食べられるから、皆と一緒に食べたいな」

「本当に？」

喜びを爆発させる蘭丸はぴょんぴょん飛び跳ね、手鞠は白い歯を見せる。

拾われてからたいしたことはなにもしていないのに、食事を一緒にとるだけでこれほど喜んでもらえるのがありがたい。

「手鞠」

「はい」

「味噌汁は控えなさい」

「心得ております」

左京は喜び勇んで部屋を出ていこうとする手鞠に真顔で伝える。紫乃を気遣うその言葉は温かかった。

「体はもう平気なのか？」

「はい。左京さまたちのおかげで、もうすっかり。本当にありがとうございました」

紫乃は正座をして改めて頭を下げる。

「昨晩、私はここで酒を飲んでいたな」

「はい」

「私はなにをどこまで話した？」

あれほど会話を交わしたのに、酔ったときの記憶が曖昧になるようだ。

「どこまでとおっしゃいますと……」

颯のいる前で、あの甘い言葉の数々を披露しろと言っているのだろうか。さすがに告白する勇気はなく、頬が赤らむのを感じる。

「またお甘えになったのでは？」

「颯さん？」

颯が含み笑いをしながら左京に指摘するので、目が飛び出そうになる。しかも、『また』とは。

「甘える？」

やはり左京は覚えていないようだ。紫乃は少し残念なような、忘れてもらえてよかったような、複雑な心境だった。

「な、なんでもないですよ。そうだ。私があやかしたちにお礼が言いたいと話したら、左京さまも報告があるから一緒に行ってくださると」

颯は深掘りしたそうだったものの、話を変えた。左京の豹変した姿を明かせば、自分も膝に抱かれていたことを明かさなければならなくなりそうだからだ。

「報告の内容については、酔いが覚めてからとおっしゃって」

「そうか」

左京は腕を組み、難しい顔をする。

なにかまずいことを言っただろうか。

紫乃が心配していると、左京は口を開いた。

「酔っていた私は、それなりに冷静だったのだな」

その点については冷静だったかもしれないが、他はどうだろう。

「そう、ですね……」

紫乃が曖昧に返事をすると、颯は笑いをこらえながら顔をそむけた。なにか察しているようだ。

「それでは、改めて話そう。紫乃には私のかりそめの花嫁になってもらう」

「花嫁？」

それでまぶしいほど華やかな色打掛が用意されているのだと納得したが、肝心のかりそめの花嫁とはどういうことか理解できない。

「魅了の力であやかしたちを操れた以上、紫乃はやはり斎賀の血を引くと考えるべきだ」

「はい」

それに異存はない。中村家とのつながりはいまだ謎ではあるけれど、自分が特殊な能力を持つことは、もう疑いようのない事実だった。

「最初はお前を田舎に戻すつもりだった。しかし、斎賀一族となると話は別だ。あれほどの数のあやかしたちが動いたのだ。斎賀の血筋がいまだ存命だと陰陽師に気づかれたやもしれぬ」

「それで？」

陰陽師の存在と婚姻になにが関係あるのか、ぴんとこない。

「陰陽師にとって、一番厄介な存在はなんだと思う？」

「厄介……。黒天狗ですか？　……あっ」

荒くれ者で残虐な黒天狗が最大の敵なのではないかと口に出したが、それより嫌う存在があることに気がついた。

「斎賀家……」

「そうだ。紫乃は百以上のあやかしを言葉ひとつで動かしたが、その気になれば、何千でも従わせられる」

「そんなに？」

自分の力を見くびっていたかもしれない。驚愕の事実に目を丸くする。

「この屋敷周辺に集まっているあやかしは、高尾山付近に住まう者だけ。紫乃が他の山々を回れば、とんでもない数が集結するし、紫乃の言葉は絶対だ。必要とあらば、陰陽師を滅ぼすことも可能になる」

「滅ぼすだなんて、とんでもない。仲良く暮らせれば……」

陰陽師がどんな存在なのかまだよくわかっていないが、澪がそうだったようにあやかしも人間も、平穏に暮らせればそれでいい。

「お前はそうだろう。ただし、陰陽師は違う。彼らはあやかしと共存しようなどと考えてはおらず、滅ぼすつもりだ。だから、仲を取り持つ紫乃が邪魔なのだ」

左京にきっぱりと断言され、背筋に冷たいものが走る。同じ人間である陰陽師に命を狙われることになるとは思わなかった。

「田舎に帰りたいかもしれないが、帰せなくなった。ここにいれば守ってやれる」

「ここにいてもよいのですか？」

陰陽師にとって紫乃が邪魔だろうが、左京には関係ないことだ。放り出されたとしても文句は言えないのに、守ってやれるとまで言う。

「他に行くあてがあるなら止めぬが」

突き放すような言い方をされ、顔が引きつる。

迷惑だが仕方なく置いてやるということなのだろう。

「左京さま。そういう言い方は誤解を招くと、いつも申し上げているじゃありませんか」

顔をしかめて左京を諫《いさ》めた颯は、今度は紫乃に視線を向ける。

「紫乃さま。私たちあやかしは斎賀一族に救われてきました。法印のような武闘派もおりますが、多くはただ平穏に暮らしたいだけ。人間の世を荒らすつもりなど毛頭なく、紫乃さまがおっしゃるように、それぞれ楽しく生きていければよいと思っているのです」

「はい」

わざわざ争いを仕掛けて、他者まで支配する必要がどこにあるのかさっぱり理解できない。

「たとえば手鞠たち座敷童は、人間の屋敷に住まいながらその家を繁栄させてきました。怖がる人間もいますが、歓迎されることもあったのです。ところが陰陽師は、あやかしを毛嫌いし、捕まえては容赦なく呪い殺しました」

「そんな……」

「捕まったあやかしを助けてくれたのが斎賀家です。陰陽師と激しく対立しながらもあやかしをかばい続けてくれた。ただ、それだけではありません。人間に手を出そうとするあやかしは厳しく制し、まさに中立の立場でこの世の平穏を守ろうとしたのです」

自分にその血が流れていて、そうした役割を引き継ぐべきなのだと考えると背筋が伸びる。重すぎる責任に身震いした。

「斎賀一族は、私たちあやかしにとっても人間にとっても大切なお方。陰陽師や一部のあやかしに汚されてよい方ではないのです。ですから、どうか私たちに守らせてください。それが私たちのためにもなるのです」

「やめてください」

颯に深々と頭を下げられて慌てた紫乃は、彼の肩を持ち上げる。

「私は魅了の力というものもよく把握できていませんし、斎賀の先祖のように立派な行いができるとも思えません。それなのに、守っていただけるなんて申し訳なくて……。でも、私は生きたい。姉たちの分も、強く生きていきたい」

そう口に出すと、左京の口の端がわずかに上がった気がする。

「突然転がり込んできて、邪魔なのは承知しています。ですが、私にできることは全力で致します。守っていただけるというのであれば、私も皆さんを守りたい。どうか、よろしくお願いします」

今度は紫乃が畳に頭をこすりつけた。

自分にこんな人生が待ち受けているとは思いもよらなかった。もし干ばつもなく農村で暮らしていたら、斎賀の血を引くことに気づくことなく生涯を閉じたのかもしれないと思うと、なんとも数奇な運命だと思う。

とはいえ、後戻りはできない。左京に助けられたこの命を、無駄にしないように生きていく。

「紫乃さまこそおやめください。私たちは紫乃さまをお守りできるのがうれしいのです。ですが、人間があやかしの住まう山に長く滞在するのは少々都合が悪い。法印のような一部のあやかしは、あやかしの世に人間が安易に足を踏み入れることを嫌うのです」

目障りな存在にはいてほしくないのだろう。

「……ただし、私の妻となれば、ここに住まう理由ができる。それに、お前にも簡単に手出しできなくなる」

左京が口を挟んだ。

紫乃は、かりそめの花嫁になるという理由がようやくわかった。

「私の花嫁が嫌であれば颯でも――」

「嫌ではありません」

左京の発言を遮って即答する。

たしかに物言いは冷たく感じるし、にこりとも笑わないのは気になる。けれど、彼がすることには温かい気持ちが詰まっているし、絶対に裏切らないという安心感すらある。酔っているときの左京は、とてつもなく甘くて優しいし……。

むしろ、左京のほうが渋々なのではないかと心配だ。

左京と紫乃のやり取りを見て、颯が少々あきれたような顔をしている。

「ならば、決まりだ。紫乃が我が妻だと知らしめる必要があるため、あやかしたちの前で祝言を行う。他の山に出入りしている者もいるから、噂はすぐに広がるだろう」

左京はそれだけ言うと、すっと立ち上がって部屋を出ていこうとする。

「あっ、左京さま」

呼び止めると振り向いた。

「私のために、このような立派な花嫁衣裳まで用意してくださり、ありがとうございます」

「夫であれば当然だ」

左京はそう言い捨てて、出ていってしまった。

「まったく。何度お伝えしても直らない。紫乃さま、申し訳ありません。あんな言い方をされますが、この衣裳だって、最高の物を手に入れてこいと命じられたのですよ」

「左京さまが？」

「はい。澄ました顔をして、紫乃さまの花嫁姿を楽しみにしておられるのです。そもそも竹野内家に乗り込んだのも、ご自分の怒りをぶつけるためというよりは、紫乃さまの無念を晴らすためだったのですし」

「えっ……」

意外な颯の言葉にひどく驚いたものの、これまでの左京の言動を思い返すと、しっくりくる。

うか」

「……あのっ、左京さまが私を気遣ってくださるのは、やはり魅了の力のせいでしょ

紫乃はずっと気になっていたことを尋ねた。

「魅了の……」

颯はそう口にしたあと、意味ありげな笑みを浮かべる。

「左京さまは、『他に行くあてがあるなら止めぬ』とおっしゃいましたが、紫乃さまを離す気なんてさらさらありませんよ」

「それはどういう……」

「紫乃さまの自由を妨げてはいけないと思うばかりに、あんなふうに言われたのです。それに、私に夫の座を譲るようなことをおっしゃいましたが、その気もまったくありませんね。ただの照れ隠しでしょう。もう少し違う言い方をなさればよいものを」

それで颯はあきれ顔で聞いていたらしい。

「左京さまは、紫乃さまの魅了の力に惹きつけられているんでしょうかねぇ。魅了の力がどんなあやかしに対しても有効であるならば、紫乃さまがあやかしから命を狙われることはありえなくなりますね」

そう言われるとそうだ。陰陽師が斎賀家を嫌う理由は納得したけれど、あやかしにこの力が必ず作用するのであれば、すべてのあやかしを従わせられるということだ。

筑波山の荒くれ者、法印でさえ。

　ということは、魅了の力が及ばないあやかしもいるということなのだろう。

「解毒の実を、私や左京さまが取りに行ったのは——」

「颯。いつまで油を売っているのだ。飯の支度を手伝ってやれ」

　障子の向こうから左京の声がして、颯は肩をすくめる。

「おっと。なにを話しているのか、はらはらされているようだ。それでは、朝餉ができましたらお呼びします」

　颯はそそくさと部屋を出ていった。

「……左京さまには効いていないの？」

　颯を見送った紫乃は、ぼそりとつぶやく。

　よく考えると、法印にも魅了の力が有効であれば、筑波山に連れていってもらえれば苦労せずとも解毒の実をあっさり手に入れられたはず。旭があんなけがを負う必要はなかった。

　それでは、酔ったときの左京の甘い行動はなんなのだろう。魅了の力が働いているからだとばかり思っていたのだけれど……。

　紫乃は混乱しながら、颯が置いていった赤い地に鶴や花車、そして菊などが描かれた豪華な打掛を見つめた。

朝餉には、傷が完全に癒えた旭も同席した。彼は左京と紫乃の祝言を見届けたら、自分の住まいのある別の山に戻ると言う。

十二畳もある広い座敷に置かれた膳の上には、艶々で食べるのがもったいないほどの白飯と、大根の漬物、ヤマメの塩焼きが並んでいた。

「こんな豪華な……」

食うに困る毎日だったため、白米の粥だけで感動していたが、朝から魚までつくとは気が引けるほどだ。

「紫乃さま、好きなだけ食べて。もういっぱい食べられるんだよね」

最後の膳を運んできた蘭丸が、かわいらしい笑顔を振りまきながら言った。

「そうね。ありがたいわ」

母や弟たちにも食べさせてやりたいと思ったら、胸がいっぱいになり瞳が潤む。

「中村の家は、颯に時々見に行かせて、困らないようにする」

上座の席に座った左京が、唐突に、しかもぶっきらぼうに言い放つ。まるで紫乃の心を見透かしたかのようなその言葉は、声色は冷たいのに優しかった。

「ありがとうございます」

「当然だ」

「大切な妻をここまで育ててくださったのだから、夫として当然だとおっしゃっています」

左京の対面に腰を下ろした颯が言葉の意味に触れると、左京は眉をひそめて颯をにらむ。しかし颯はどこ吹く風だ。

「紫乃さまは、左京さまの花嫁さまなのですから、お隣に」

「私はここで」

左京から離れた下座に座ろうとしたら、颯に止められて旭に強引に左京の隣に連れていかれた。

「お嫁さまー、お嫁さまぁ」

「朝からうるさいわよ。音程が外れてるわ」

機嫌のいい蘭丸が適当すぎる鼻歌を歌いながら紫乃の隣に座り、それをとがめる手鞠はそのまた隣に。旭は颯の横に腰を下ろして全員勢ぞろいした。

「だって、紫乃さま、お嫁さまになるんでしょう？　ずっとここにいるんだよね」

蘭丸が紫乃の着物の袖をつかんで尋ねてくる。一緒にいたいと思ってもらえているのだと、うれしかった。

でも……ずっと、なのだろうか。かりそめの花嫁にはなるけれど、それはこの屋敷で暮らすため。いつまでと期限を区切られたわけではないものの、永遠にではないはずだ。

紫乃がどう答えようか悩んでいると、左京が口を開いた。

「そうだ。しかし紫乃をあまり振り回すな」

紫乃はかわいいこのふたりになら振り回されたいくらいだけれど、病み上がりなので気遣ってくれているのかもしれない。

それにしても、ずっと話してしまっても大丈夫だろうか。こんなに喜んでいるのだから、いつか別れのときがきたらがっかりしそうで心配だった。

「私が注意しておきます」

「ああ、そうだな」

まるで大人の発言は手鞠だ。眉をかすかに上げた左京も少し戸惑っているように見える。

「紫乃さまにはずっといていただかないと。左京さまもですよ。紫乃さまを困らせないでくださいね」

手鞠のなかなか強気な発言に、颯が吹き出した。

「だそうです、左京さま」

「お前はいちいちうるさい」

左京はさすがに手鞠には反論できなかったようで、颯がとばっちりをくらっている。

「ありがとうね、手鞠ちゃん。でも手鞠ちゃんも蘭丸くんも一緒にいると楽しいし、左京さまはお優しいもの。困ることなんてなにもないわよ」

紫乃がそう伝えると、手鞠の頬が緩む。彼女も自分とずっと一緒に暮らしたいのだと伝わってきて、感激だった。

「手鞠。今宵祝言を行う。それまでに紫乃の髪の手入れをしてくれ」

「承知しました！」

いつも冷静な手鞠だが、左京の命令に珍しく声を弾ませている。左京が話していた通り、髪を触るのが好きなのだろう。

「僕は？」

蘭丸も役割を望むが、左京は考え込んでしまった。

手鞠は器用で、髪の手入れも着物の着付けもできるが、蘭丸にできることはなんだろう。

張りきる彼にもなんとか役割をと紫乃が考えていると、左京が口を開いた。

「今夜は月が満ちるが、足元は暗い。蘭丸は紫乃の足元を照らす提灯《ちょうちん》持ちをしなさい」

「はい！」

左京がひねり出した役割なら、蘭丸にもできる。蘭丸のやる気を認める左京は、やはり優しいあやかしだ。

「とにかく腹が減った。早く食べるぞ」

左京は紫乃をちらりと見て言う。満足に食べられなかった紫乃の、久しぶりのまともな食事だからと急かしてくれているように感じた。

「いただきます」

紫乃は胸の前で手を合わせ、食事にありつける喜びを嚙みしめる。時子たちは食事によって命を落としてしまったのが本当に残念だ。食べられるということは本来、幸せなことなのに。

白飯を口に運んでその甘みを嚙みしめながら胃に送る。もう焦げるような熱さも感じず、喉を通ってすんなり胃に落ちていく。

「おいしい」

「僕が火をおこしたんだよ」

「そうなの？　ありがとう」

自慢げに語る蘭丸を褒めると、白い歯を見せた。

手鞠といい蘭丸といい、これほど幼いのに人間の子よりずっといろいろなことができる。これまでどんなふうに育ってきたのか気になるけれど、彼らにも悲しい過去がありそうでとても聞けなかった。

「そういえば、ふたりは何歳なのかしら？」

弟は九歳と七歳だったが、それより幼い。今さらながらに尋ねた。

「僕は四歳」

「私は五歳です」

「えっ……」

考えていたより幼くて、驚いた。そんな歳の子が火をおこしたり飯を炊いたりできるのにびっくりだ。

「あやかしの成長はゆっくりで、一年が人間の十年ほどにあたります」

「十年⁉」

颯の補足に、大きな声が出た。

ということは、ふたりとも十七の紫乃よりずっと先に生まれているということになる。

「はい。ですから、手鞠と蘭丸は人間のひとつ違いとは少し違うかと」

十年は違うのだから、ふたりの心の成長には大きな差があるのだろう。とはいえ、手鞠の落ち着きぶりは五歳のそれではない。

「左京さまは……？」

「歳など忘れた」

「すみません」

年齢を聞くのは失礼だった。叱られて首を垂れると、颯が笑いを噛み殺している。

「左京さまは紫乃さまより十二ほど年上でいらっしゃいます。年齢の差が気になっているので――」

「余計なことをしゃべっていないで、さっさと飯を食え」

颯は左京ににらまれているが、ずっと笑っている。このふたり、主従関係にはあるものの、普段は遠慮がないようだ。

それにしても、年齢の差が気になるというのは、夫婦としてという意味だろうか。そもそも百年以上も違うのだから、気にするところでもないような。ただ、左京は触れてほしくなさそうなので、これ以上は聞かないほうがいいと口を閉ざしておいた。

「私は左京さまの四つ下。旭はもうひとつ下です」

「旭さんも火の鳥なんですよね。同じ一族は一緒に暮らすものではないのですね」

紫乃は何気なく尋ねてから、後悔した。白い羽や髪を持つ左京が、つまはじき者だと話していたのを思い出したのだ。

「同じ山に住まうこともありますが、そうとは決まっておりません。ただ、縄張りのようなものはありまして、親から子へと引き継がれることはあります。高位のあやかしは特に」

孤独に生きてきたと思われる左京は、ずっとひとりだったのだろうか。斎賀家の澪という女性に助けられたと話していたが、どうして陰陽師に捕まったのだろう。

わからないことだらけだけれど、酔いの回った左京の話をここでぶちまけるべきではない。

とはいえ、手鞠と蘭丸がどうしてここで育てられているのかも気になる。

左京に助けられてから、生きることで精いっぱいだったため仕方がないにせよ、紫乃はなにも知らないのだと、改めて思わされた。

旭はまだなにか言いたげだったが、口を閉ざした。彼も左京の前で余計な話をしたと思っているのかもしれない。

「紫乃はあやかしについて深く知る必要はない」

左京を怒らせただろうか。突き放されてしまい、疎外感が残る。

「はい。申し訳ありません」

謝って箸を持ち直すと、優しい笑みを浮かべた颯が小さく首を横に振っていたので、左京は怒っているわけではないのだと少し安心した。

太陽が西の空を朱色に染め始めた頃、手鞠に髪を整えてもらうことになった。

うきうきした様子の彼女は、湯浴みをした紫乃の髪に椿油をつけてつげの櫛でといてくれる。

「手鞠ちゃん、こういうこと好きなのね」

「髪がきれいだと言ってもらえると、うれしいですよね」

誰かにそう言われたことがあるのだろうか。

「そうね」

「紫乃さまは、今日は花嫁さまなのですから、うんときれいにしないと。でも私、難しい結い方はできなくて……」

「そんなの当然よ、私もできないもの。手鞠ちゃんの好きなようにして」

「好きな？」

手を止めた手鞠は、しばらく考え込んでしまった。

「ごめん。どんな髪型でもいいのよ」

「いえ。好きな……。ちょっと蘭丸に頼んできます」

「ん？　わかった」

蘭丸に髪結いなどできそうにないけれど、なにを頼むつもりなのか、手鞠は一目散に駆けていった。

すぐに戻ってきた手鞠は、にこにこと愛くるしい笑顔を見せてくれる。

「紫乃さま。今晩は宴だそうです。颯さまと旭さまがたくさん料理をこしらえてくださっていますよ」

「そうなの？　贅沢だわ。ありがたい」

白飯があるだけで驚きなのに、宴とは。村でも時折祝言はあったけれど、宴など一度も開かれたことはなかった。

「手鞠ちゃんもだけど、皆さん料理ができるのね」

「はい。でも私は、いつも同じ物しか作れません。人間の屋敷にいたことがあって、そこでこっそり見て覚えたのですが」

そういえば颯が、『座敷童は、人間の屋敷に住まいながらその家を繁栄させてきました』と話していたけれど、手鞠もそうだったのだろう。

陰陽師に捕まらず、こうして無事に生きていられてよかったと、紫乃は胸を撫で下ろす。しかし彼女がなぜか苦しげな顔を見せたのが、気になった。

「それじゃあ今度一緒に作らない？」

「本当ですか？」

「うん。でも私も、材料がふんだんにあったわけじゃないから、野菜の煮物が多くて。だけど、ここでお世話になるからには、なにかしたいの」

体の調子が戻ってきた今、家事なら手伝えそうだ。

「うれしい。きっと左京さまも喜ばれます」

「左京さまも？」

「だって奥方さまの料理は食べたいものでしょう？」

「そうなのかしら」

中村家でも、臥せる前の母が中心になって調理をしていた。人間は女性が家事を担うのが普通なので、颯たち男性が台所に立つことに驚いたくらいだ。

そうした役割分担なだけで、特に夫が妻の料理を食べたいというわけではないような気もする。

「そうですよ、もちろん」

そんなことも知らないの？　と言いたげな自信満々の表情で手鞠が話すので、うなずいておいた。

しばらくして、蘭丸が顔を出した。彼の手には、たくさんの忘れな草が握られている。

「きれいね。近くに咲いてるの？」

「お屋敷の裏に、花畑があります。忘れな草は春を知らせる花なのです。紫乃さまは、このお屋敷に春を呼んでくださいましたから」

「春？」

手鞠の言葉がよく理解できず、首をひねる。

「左京さまも颯さまも、とてもよくしてくださいます。左京さまは無口でいらっしゃるから、蘭丸ひとりがうるさくて」

「うるさくないもん！」

ぷうっと頬を膨らませる蘭丸だが、怒っているわけではなさそうだ。すぐに笑顔になる。

「でも、紫乃さまがここにいらしてから、皆よく話すようになり、明るくなりました。雪解けしたあと春が訪れたようなのです」

手鞠は表現豊かで、大人顔負けの発言をする。

「そっか、春か……」

大量の毒を盛られたあの日。紫乃の命は尽きていてもおかしくなかったのに、雪解けを迎えられたのだと感慨深い。

「はい。それに……この花は、母が最期につかんでいて、多分私に……」

手鞠の顔からすっと笑みが消え、途端に眉根にしわが寄る。

忘れな草は、手鞠にとって母との思い出が詰まっているのかもしれない。気になりはしたけれど、根掘り葉掘り聞いて彼女の心の傷をえぐってはまずい。いつか自分から話せるようになるまでは待とうと、紫乃はそれ以上追求しないでおいた。

「これを、髪に飾ったら素敵だなと思ったんです」

気分を切り替え、紫乃の黒髪に忘れな草を当ててみる手鞠は、髪の手入れが好きな女の子の顔に戻っていた。

「僕もつけるー」

「蘭丸はおかしいでしょ」

蘭丸の思わぬ要求に、手鞠はあきれ声をあげ、紫乃は吹き出した。

「皆おそろいにしようか。手鞠ちゃんのきれいな髪にも似合うはず」

紫乃が提案すると、手鞠の顔はたちまち喜びで満ちる。

手鞠がまとめてくれた髪に、忘れな草をたくさんちりばめてもらったあと、紫乃が手鞠の髪にも挿《さ》してやると、彼女ははにかんで控えめに喜びを表した。

「とってもよく似合うわ。蘭丸くんはね……」

蘭丸はどうしようか考えあぐね、小さな花束にして帯に挿した。

「うわぁ、おそろい！」

機嫌がよくなった蘭丸は、遠慮なしに紫乃の胸に飛び込んできて、首に手を回す。

ふと手鞠に視線を移すと、もじもじしている。

「手鞠ちゃんもおいで」

紫乃が声をかけて右手を広げると、頬を緩めた手鞠も抱きついてきた。

「きれいにしてくれてありがとう。おそろい、すごくうれしいよ」

「僕も！」

紫乃の腕の中で跳ねながら喜びを爆発させる蘭丸は、無邪気でかわいい。手鞠が小声で「私も」とつぶやいたのを、紫乃は聞き漏らさなかった。

それから、手鞠に手伝ってもらい、ずっしりと重い花嫁衣裳を身に着ける。日々、食うに困っていた自分が、これほど絢爛《けんらん》豪華な着物を纏っているのが信じられない。

「紫乃さま、きれい」

「ありがとう」

手鞠が紫乃の手をそっと握って言うので、その手を握り返した。紫乃の持つ魅了の力ゆえ、こうして距離を縮めてくれるのかもしれないけれど、手鞠の心の扉が少しずつ開いていくのを感じる。

「紫乃さま、ご準備はいかがでしょうか」

「はい。整いました」

廊下から颯の声がしたため返事をすると、障子が静かに開いて袴姿の左京が姿を現した。

凛々しい表情の彼は縞柄《しまがら》の黒い袴に白磁の羽織を纏っており、着物に負けじと輝く艶やかな銀髪がとても映える。どうやら左京は、自分の髪や碧い目に劣等感を抱いているようだけれど、とんでもない。男性ではあるが美しいという言葉がぴったりだと、紫乃は思っている。

「手鞠」

手鞠を呼んだ颯が障子を閉めてしまうため、左京とふたりきりになってしまった。

自分を見つめる彼の視線の強さに、緊張が走る。

「あの――」

「美しい」

なにか言わなければと口を開いた瞬間、左京の声が耳に届いた。

「あっ、ありがとう、ございます」

素面《しらふ》の左京の口から、とびきり贅沢な褒め言葉が聞こえてきて、紫乃は頬が赤らんでいないか心配になる。

「髪に花を飾ったのだな」

「はい。手鞠ちゃんが考えて、蘭丸くんが摘んできてくれたんです。手鞠ちゃん、忘れな草に思い入れがあるようで」

そう伝えると、左京が距離を縮めてくるので、鼓動が自然と速まっていく。

「手鞠の母は亡くなる直前、道端に咲いていた忘れな草を手にして手鞠に差し出したのだそうだ。もう話せなかったのに、最後の力を振り絞って伝えたかったのではないかと」

「なにをですか？」

尋ねると、左京は手を伸ばしてきて紫乃の髪の忘れな草にそっと触れる。

「忘れな草には、真実の愛という意味がこもっているそうだ。手鞠は、自分のせいで両親が命を落としたと思っている。しかし、母は手鞠に愛していると伝えたかったのだろう。母は亡くなってしまったゆえ、本意はわからない。ただ、手鞠はそう信じて心のよりどころにしているのだ」

「手鞠ちゃんのせいでって、どうして……」

なにか複雑な事情がありそうで尋ねたものの、左京はそれ以上口を割らなかった。

「……今宵は、屋敷の外にいるあやかしたちの前で杯を交わし、夫婦の契りを結ぶ。颯にその話を流させたら、いつもの何倍ものあやかしが集結しているようだ」

「え？」

何倍ものとは、驚きしかない。左京たちのために筑波山に赴いたあやかしだけでもゆうに百は超えていたというのに。

「斎賀一族の婚姻なのだから当然だ。しかし、下位のあやかしは、常に人形でいるわけではない。紫乃には目を覆いたくなるような光景となるかもしれないが、安全は私が保証する」

斎賀の血を引くことはどうやら確定事項のようだけれど、特になにかしたわけではない紫乃は、〝主さま〟と呼ばれてもしっくりこない。とはいえ、彼らに襲われることはないという確信もあり、うなずいた。無論、なにかあれば左京が助けてくれるという安心感もある。

「さて、皆がお持ちかねだ」

左京が手を差し出すため、紫乃はその手に手を重ねた。

かりそめとはいえ、左京と夫婦になるのが信じられないけれど、命を救ってくれた彼に未来をゆだねることに迷いはない。

左京に手を引かれる紫乃の背筋は自然と伸びた。

せっかく色打掛を用意してもらったのだ。思う存分楽しまないともったいない。

紫乃は、ここに来てから与えられた幸福に思いを馳《は》せた。

こうして真新しい着物を用意してもらえたり、毎日三食、しかも白飯を腹いっぱいになるまで食べられたり。

それだけではない。あやかしの世に勝手に足を踏み入れたというのに、皆が紫乃を生かそうとし、そのために危ない橋まで渡ってくれる。魅了の力が働いているとしても、これほどありがたく、感謝すべきことは他にないだろう。

姉を失って絶望の淵《ふち》に追いやられ、さらには毒を盛られて死を覚悟した時間があったとは信じられないくらい、今が幸せだ。

『姉ちゃん、幸せになってもいいかな』

玄関を出ると、降行《くたちゆ》く空には満ちた月が見える。紫乃はその月に向かって問いかけた。

一歩足を踏み出すと、すかさず蘭丸が提灯で足元を照らしてくれた。

彼は桔梗《ききょう》色の華やかな着物を纏っている。祝言だからと隣に立つお目付け役の手鞠が選んで、おめかしをしたらしい。もちろん、帯にはおそろいの忘れな草も忘れずに。

手鞠も、一番のお気に入りだという赤紅の着物がとてもよく似合っていて、日本人形のようだ。

「ふたりとも、手伝ってくれてありがとう」

紫乃がお礼を口にすると、蘭丸は満面の笑みを浮かべ、手鞠は恥ずかしそうに口角を上げた。

「左京さま、紫乃さまがいらっしゃった。皆の者、敬意を払い首を垂れよ」

旭の引き締まった声が、夜のしじまに響き渡る。

「主さまだ」

「主さまがお顔を見せてくださったぞ」

「おきれいな花嫁さまだ」

あちらこちらから声が聞こえてくるが、どれも紫乃をたたえるような言葉ばかりで戸惑いがある。どちらかといえば、その称賛は左京に向けるべきだと思ったのだ。

一方で、これが斎賀一族が築いてきたあやかしたちとの縁なのだろうと、納得もした。斎賀の血を引く者として、この先彼らに余光を分かつことができるだろうか。

重い責任を背負った気がして、紫乃の顔はこわばる。

その隣で、左京が口を開いた。

「皆、斎賀の血が途絶えたことに絶望を抱いていたのだ。再び陰陽師と対立し、多くの者が死す暗澹《あんたん》たる世がやってくると。だから、お前という存在がここにいるだけでいい」

まだ魅了の力についてよく把握していない自分に、なにかできるとは思っていない。でも、どうせなにもできないのだから、お飾りの存在でいればいいと言われたようで、少々もやもやする。

「……はい」

うつむき加減で返事をすると、強い視線を感じて顔を上げた。

「なにを沈んでいる。今宵は私たちの祝言だ。皆が祝ってくれているのだぞ」

「そうでした。申し訳ありません」

たとえ、この祝言が偽りでも、行列の最後がどこかわからないほど多く集まったあやかしたちに失礼だと、気持ちを切り替えた。

「これからなにができるのかは、私とともに考えていけばよい」

「えっ……」

役立たずと切り捨てられたとばかり思っていたのに、自分を心配するような発言に、ハッとする。

左京は、少しぶっきらぼうで、言葉が足りないあやかしだった。決して冷たいわけではなく、常に紫乃の心に寄り添おうとしている。

颯に何度も教えられていたのに、緊張ですっかり忘れていた。

「そうですね」

紫乃が笑顔を取り戻すと、左京の表情がわずかに緩んだ。

左京に手を引かれ、さらに前へと足を進める。あやかしたちとの距離が近づいたものの、以前のような怖さはなかった。

彼らが自分の願いを聞き入れて、筑波山に向かってくれたからだ。

立ち止まった左京は、大声で話し始める。

「今宵、斎賀紫乃を我が花嫁に迎える。夫婦であやかしの世を守っていく所存だ」

「おめでとうございます！」

「主さま、お幸せに」

左京の結婚宣言のあと、あやかしたちの祝いの言葉がどんどん広がっていく。

人間という異質の存在の自分をこれほど祝福してくれる彼らに、目頭が熱くなった。

しかも左京の『夫婦であやかしの世を守っていく所存だ』という言葉は、斎賀家の人間としてどう振る舞えばいいのか戸惑いばかりの紫乃には、心強いものだった。たとえ、夫婦を取り繕った発言だったとしても、ひどく安心したのだ。

「左京さま、紫乃さま。ご婚姻おめでとうございます。誓いの杯を」

酒の入った朱塗り銚子《ちょうし》を手にした颯が告げると、たちまち静寂が訪れる。

少し緊張気味の手鞠が、杯を両手で丁寧に左京に渡した。

颯が杯に酒を注ぐと、ひと口飲んだ左京は紫乃に渡してくる。

祝言を見たことがない紫乃はどうしたらいいのかわからなかったが、杯に残っていた酒をすべて喉に送った。

初めての酒は、ほんのり甘いような、それでいて舌がしびれるような辛さがあるような。口内や喉が一気に熱くなり、毒を飲まされた記憶がよみがえったものの、まったく苦しくはならなくて、安堵した。

とはいえ、飲み慣れていない紫乃は、むせそうになりこらえる。すると左京が心配げに顔を覗き込んできたので、『大丈夫です』という意味を込めて、にっこり微笑んだ。

左京は毎晩のように酒をたしなんでいるが、紫乃は無理そうだ。正直に言えば、あまり好みの味ではなかったのだ。もしかしたら、慣れればおいしく感じられるのかもしれないけれど。

「これにて、おふたりは夫婦と相成りました」

颯が意気揚々と告げると、一旦は粛然として声がなくなったその場が、たちまちざわつき始める。

「ご婚姻、おめでとうございます」

「めでたい、めでたい」

それらが左京との結婚を祝福するもので、紫乃はとても安心した。

「皆の者、祝いの言葉をありがとう。今後とも私たちをよろしく頼む」

ふいに紫乃の肩を抱いた左京は、再び声を張り上げる。

「かしこまりました」

「もちろんでございます」

「斎賀のお嫁さまだ」

「うれしい、うれしい」

たくさんの弾む声が、少しずつ遠ざかっていく。結婚を報告するための祝言をつつがなく終えられたのだ。

「皆に私の花嫁だと認められたのだから、紫乃はここにいても問題なくなった」

あやかしたちが去っていくうしろ姿を見ながら、左京がつぶやく。

「はい。左京さまにはなんとお礼を言ったらいいのか。ありがとうございます」

山下について村を出たあの日。自分の人生はもう終わるのだというような気持ちすらあったのに、未来への希望をくれた彼には感謝しかない。

「礼などいらぬ」

そう言い捨てた左京は、紫乃と視線を合わせることすらなく屋敷の中に戻っていく。

すると颯が近づいてきた。

「また冷たい言い方を……。左京さまは、照れていらっしゃるのですよ」

「照れて？」

「はい。ほんのわずかですが、耳が赤くなっていらっしゃいました。こんな美しい花嫁さまをお迎えできたのですから、そうなるのもうなずけます」

「そんな……」

颯は少々無愛想に会話を打ち切られた紫乃を心配して、励ましてくれたに違いない。

「紫乃さま」

颯と会話をしていると、屋敷の門で左京となにやら言葉を交わしていた旭が駆け寄ってきた。

「はい」

「お酒を一気にあおられて平気だったかと、左京さまが心配されておりました」

「えっ？」

「口をつける振りでいいと伝えるのを忘れたと」

「飲まなくてもよかったんですか？」

あのとき左京に顔を覗き込まれたけれど、驚いていたかららしい。

「特に決まりはなく、夫婦が杯をともにすればよいので、もちろん飲んでも構いませんが、紫乃さまは初めてのお酒だろうからと」

旭が言うと、颯がくすくす笑いだす。

「ほら、やっぱり照れていらっしゃるだけですね。紫乃さまのことが心配でたまらないのですよ」

それを聞き、紫乃は目を泳がせた。

左京に些細《ささい》なことまで心配されて、紫乃も照れくさかったのだ。

「さて、無事に祝言が終わりましたから、宴を楽しみましょう。手鞠と蘭丸が準備しているはずです。まあ蘭丸はつまみ食いをしているだけですが」

にこやかに微笑む颯に案内されて、紫乃も屋敷の中へと戻った。

「紫乃さまー、左京さまが呼んでます」

玄関に駆けてきたのは蘭丸だ。頬にご飯粒がついていて、紫乃はそれを取ってやった。やはり待ちきれずにつまみ食いしていたようで、かわいらしい。

「ありがとう。お部屋かしら。行ってくるね」

紫乃が玄関を上がろうとすると、蘭丸が支えてくれる。紳士な振る舞いは、左京譲りのような気がしてほっこりした。

「紫乃です」

左京の部屋の前の廊下に正座をして声をかけると、障子が静かに開いていく。姿を現した左京は、なぜか紫乃の顔をまじまじと見つめてくるので、緊張が走った。

祝言で粗相をしたのだろうかと不安になったものの、酒をあおったこと以外は心当たりがない。

「あの――」

「入りなさい」

「は、はい」

ひと言だけ残してそそくさと奥へと行ってしまう左京に慌てて付いていくと、あぐらをかいた彼に、対面に置かれた座布団を指さされて、腰を下ろす。

「酔ってはいないようだな」

「えっ？　……はい」

もしや穴が開くほど見つめられたのは、酔いを確認していたのだろうか。眼力が強すぎて、怒っているのかと勘違いした。

「すまない。酒は飲まずともよかったのだ」

「あっ、いえ。私もそうしたことをよく知らず、ご心配をおかけしました」

まさか、わざわざ呼び出して謝るほど心配しているとは思わず、恐縮した。

「宴に酒も用意させている。どうも私は酔うと記憶が曖昧になるようだから、宴ではあまり飲むつもりはない。だが、紫乃は飲みたければ飲みなさい」

自分が飲まないと飲みにくいだろうと、気にかけてくれたようだ。

「いえ。……お酒なんて本当に贅沢で。でも、正直に申しますと、辛みが少し苦手なようです。申し訳ありません」

せっかく勧めてくれているのに申し訳ない気持ちもあったが、しばらくはここで生活するだろうから、これからも振る舞われる機会があるかもしれない。紫乃は本音を打ち明けた。

「そうか。好き嫌いは誰にでもあるから、謝る必要はない。だが……」

左京はそこで言葉を止め、少し身を乗り出してくるので緊張が走る。

「好みでなかっただけなのか？　正直に言えばいい」

左京の言葉の意味が即座に呑み込めず、紫乃は言葉を失う。

「毒を盛られた記憶は、そう簡単に消えるものでは——」

「大丈夫です」

発言の意図にようやく気づいて、左京を遮った。彼は、無理やり毒を飲まされてまさに死の淵に立った自分を気遣っているのだ。

「もしかしたら、街に戻れば飲み物を口にするのが怖くなるかもしれません。でも、ここにいる限り、そんなふうには思いません。左京さまは何度も水を飲ませて私の命をつないでくださったのです。そんなふうに思うわけが――」

「もういい」

あの頃のことを思い出してしまいむきになると、左京が口を挟んで紫乃を止めた。その表情が優しくて、〝もう思い出さなくていい〟と言われたような気持ちになり、大きくうなずいた。

「すみません。でも味噌汁はまだちょっと」

「わかっている」

短い左京のひと言には、優しさが詰まっていた。

「……颯に、うんざりするほど注意されているのだが……」

左京はどこかばつが悪そうな顔で語り始めた。

「私は言葉が足りないし、気持ちが表情に出なくて怖いようだ。紫乃に『言葉が少し率直すぎる』と言われてから気をつけているつもりなのだが、颯はまったく変わっていないと笑っている。気に障ったらすまない」

左京の言葉に、いちいちおどおどする自分に気づいているのかもしれない。

「ごめんなさい。左京さまがお優しいことは、よくわかっているのですが……」

置いてもらう立場としては、左京の機嫌を損《そこ》ねてはいけないと、どうしても腰が引ける。

「これから夫として、紫乃にはなにも我慢させたくない。腹が立つことがあればその都度指摘すればいいし、言いにくければ颯に訴えなさい。すぐには直らないかもしれないが、努力はする」

この婚姻がかりそめのものだとは思えぬような誠実な言葉に、紫乃の頬は自然と緩む。

「ありがとうございます。斎賀の血を引くというだけで、しかも無自覚だというのに、こうしていろいろと気にかけていただいているのが申し訳なくて、遠慮がありました。でも、私も妻として左京さまの役に立ちたいし、できれば颯さんを通してではなく、直接心を通わせたい。……なんて、失礼ですよね」

「それでいい。私もそう望んでいる。私たちは夫婦なのだ」

左京が賛同してくれた瞬間、むずがゆいようなうれしさが体を駆け抜けた。

「はい。ふつつか者ですが、どうぞよろしくお願いします」

　紫乃は畳に手をつき、深々と頭を下げた。

　宴では、颯や旭が程よく酔い、手鞠が「しょうがないですね」と甲斐甲斐《かいがい》しく世話を焼いていたのが印象的だった。

　左京は宣言通りあまり酒はたしなまず、たくさんの料理に舌鼓を打ちながら、他の者の様子を観察している。彼は多くは語らないものの、いつもより表情が柔らかい。

　あれほど多くのあやかしたちが祝福してくれて、なおかつ尾頭付きの鯛《たい》までもが並んだ豪華な膳に、紫乃は恐縮しつつもありがたい気持ちでいっぱいだったけれど、左京も同じかもしれない。

　蘭丸は終始明るく、しかも遠慮なしにもりもり食べる姿が微笑ましくて、花嫁衣裳を纏い少々緊張していた紫乃の心も完全にほぐれた。

「紫乃さま、これもおいしいですよ」

　蘭丸が高野豆腐を勧めてくれる。

「その隣の山菜を食べてから言いなさい」

　すかさず指摘するのは、やっぱり手鞠だ。

「えー、苦いもん」

　ふたりの様子を見て、弟たちを思い出す。左京の配慮でお金も届いているはずだけれど、ひもじい思いはしていないだろうか。

もし両親や時子、そして弟ふたりと血のつながりはなくても、たしかに家族だった。

ううん、今でも家族だ。

そんなことを考えていると、隣に座る左京の視線を感じて顔を向ける。

「どうかしたか？」

「いえ。こんな豪華なお料理、ありがたいと思って」

家族のことを考えていたとは言えず、ごまかした。左京は偽りの祝言まで挙げて、陰陽師から守ろうとしてくれているのに、あの村に帰りたいと願っていると思われては失礼だと思ったのだ。

「安心しなさい。中村の家族はしっかり食べていて、母も回復しつつあるそうだ」

「あ……」

左京は心が読めるのだろうか。まさに心配していたことに言及されて、紫乃の視線が宙を舞う。

「もう会えないわけではない。たとえ紫乃が中村家の血を引いていなくても、大切な人たちには変わりないのだろう？」

「はい」

「そうであれば、いつか必ず会える」

左京が胸の内を話すように心がけてくれているのが伝わってくる。いつもの彼なら、こんな励ましはしないだろう。〝中村家は貧困から抜け出せた〟程度の報告はあっても。

「そうですね」

「しっかり食べなさい。紫乃がおいしそうに食べるたび、手鞠がうれしそうな顔をする」

左京は皆のことをよく見ている。いつも特になにも指摘しないものの、手鞠や蘭丸の様子に注意を払っているのかもしれない。

「はい。いただきます」

高野豆腐を口に運んだあと、手鞠と蘭丸に声をかける。

「とってもおいしい。今日はいろいろありがとうね」

「はい！」

「とんでもないです」

口から出てくる言葉はまるで違うけれど、ふたりは同じように笑顔を弾けさせていた。

左京が皆にお礼を言い、宴は締めとなった。紫乃を置いてそそくさと座敷を出ていく左京を見て、少し酔った颯が口を開く。

「左京さま、紫乃さまはもう奥方さまなのですよ。もう少し気遣いを見せられたらいかがですか？」

「颯さん、お気になさらず」

そもそも、婚姻自体が偽りのものなのだから、これでいい。

「ああ、すまない。紫乃」

紫乃は颯を止めたが、左京は戻ってきて紫乃に手を差し出してくれた。素直に手を重ねて座敷を出ようとすると、旭が拍手を始め、やがて皆に広まった。

外にいたあやかしたちや、手鞠や蘭丸はまだしも、颯と旭は結婚に至った経緯をよく知っているはずなのに、本当に喜んでいるようで少し不思議だ。

しかし、よき日であることには違いなく、紫乃は祝福に対して笑顔で会釈をした。

廊下に出ても、左京は手を放そうとせず、紫乃が借りている部屋まで連れていってくれる。

「ゆっくり休みなさい」

「はい。ありがとうございます」

夫婦の初めての夜ではあるけれど、偽の夫婦なのだからもちろんこれが正しい。ただ、なんとなく寂しさを感じてしまった。

ずっしりと重い打掛を脱ぎ、湯浴みをすると、緊張がほどけたせいか紫乃はすぐに眠りに落ちていった。

深い淵から誰の者ともわからぬ無数の手が伸びてきて、必死に水面を目指す紫乃の足をつかんでくる。

『嫌。放して。死にたくない』

心の中で叫びながら、その手を払っても払っても次々と握られ、うっすらと見えていた月明かりを見失ってしまった。

「やめて！　左京さま、助けて！」

「どうした」

左京の声が聞こえて我に返ると、布団に横たわっていた。どうやら、嫌な夢を見たようだ。

髪をほどき、着物を乱した左京が近づいてきて紫乃の顔を覗き込む。

彼の碧い目は、満ちた月の明かりが差し込むだけのほの暗い部屋の中でも、ひときわ輝いて見え、ひどく安心する。

しかし、大きく開いた襟元から痛々しい傷痕が覗いていたので、紫乃は跳ね起きた。

「すみません。夢を……」

「夢見が悪かったのか」

「はい。それより、これ……」

あまりの衝撃に、紫乃は手を伸ばしてその傷痕に触れてしまった。

「す、すみません」

「構わん。もう痛くはない」

左京から酒のにおいが漂ってくる。どうやら飲んでいたらしい。

「どうされたんですか？」

「刺されたのだ」

なんでもないように告白する左京が信じられない。なぜなら、あれほど血が滴っていた旭の傷よりずっとひどく、ましてや心臓の近くという急所にあるからだ。

「刺されたって……。あっ」

もしや、澪という女性に助けられたときのことだろうか。

「陰陽師に捕まり呪術で縛られたときに、刀で――」

「なんてひどいことを」

あまりに残酷な仕打ちをとても聞いていられず、途中で遮ってしまった。

黒い羽や髪を失っただけでなく、まさかこんな残虐な行為を経験しているとは。恐怖と憤りで体が震えてくる。

紫乃の頬に涙が伝うと、左京が腕の中に包み込んでくれた。

「怖がらなくていい。私が守る」

どうやら左京は、紫乃が陰陽師を恐れておびえていると勘違いしたようだ。

「違うんです。どうして左京さまが……。そのときの左京さまのお気持ちを考えたら、たまらなくなって」

紫乃が声を震わせると、背中に回った手に力がこもる。

「私のために泣いてくれるのか？　だが、私は紫乃の笑顔のほうが好きだ」

左京は、腕の力を緩めて紫乃の額に自分の額を当てる。息遣いを感じる距離に、紫乃の心臓はたちまち大きな音を立て始め、同時に涙があふれて止まらなくなった。

「我が妻は優しいのだな」

そう口にした左京が、紫乃の頬の涙に唇を寄せる。柔らかくて温かいそれはすぐに離れていったが、紫乃は唐突な行為にうまく反応できず、ただ目を見開いて固まっていた。

「いろいろあった。もう面倒ごとには巻き込まれないように、ひっそり生きていこうと思っていたが……斎賀一族を妻に迎えた者として、できることはしたい。紫乃が、私に生きる意味を与えてくれたのだ」

「私が？」

彼は以前、『生きることは義務ではなく、私自身の願望だとようやく認められた』

と話していたけれど、単に生きたいという強い渇望だけでなく、目的ができたということだろうか。

紫乃もそうなのだ。毒に蝕まれていたときは、ただひたすらに生きたいとだけ祈った。しかし、斎賀家が背負ってきた責任を知り、自分がそれを引き継げるかもしれないと知ったとき、生きる目的ができた。

「そうだ。我が花嫁よ。どうか、私の隣で笑っていてくれ」

「左京、さま……。はい」

紫乃は自分から左京の胸に飛び込んだ。どうしてもそうしたい気分だった。

「もう怖い夢を見なくていいように、私がここにいてやる。眠れるか？」

紫乃の髪を優しく撫でる左京が、子供を諭すように言う。

「いえ。目が冴えてしまいました」

「ならば、一緒に月を愛《め》でるか？」

「はい」

やはり酔っているときの左京は、素面のときよりずっと顔つきが穏やかだ。

浴衣《ゆかた》を整えた紫乃は、左京に手を引かれて窓際に向かった。

「少々、雲で隠れたな」

「それでも満ちた月は明るいですね」

隣に正座しようとすると、ふと腕を引かれてよろけ、あぐらをかいた左京の膝にのってしまった。

「紫乃の場所はここだ」

「えっ？　もう元気ですよ？」

座っているのも大変だった毒が抜ける前とは違う。酔って忘れているのかと思い下りようとしたのに、背中から包み込むように抱きしめられるありさまだ。

「そんなことはわかっている。だが、お前は私の妻だろう？」

「そ、そうですが」

「ならばここにいなさい」

『私たちは、偽の夫婦でしょう？』と口から出てきそうだったけれど言える雰囲気でもなく、しかも左京にこうして抱き寄せてもらっているとひどく安心する。紫乃はそのまま体を預けることにした。

ただ、先ほど左京の形のいい唇が触れた頬が熱を帯びていて、照れくさくもあった。

「恐ろしい夢を見ても、私が必ず助けてやる」

耳元での優しいささやきが、紫乃の傷だらけの心をじわじわと修復してくれる。

「お前が背負った運命は、平穏なときばかりではないだろう。だが、生まれてきたことを後悔させせない」

「左京さま……」

姉を目の前で失い、毒を飲まされた地獄の苦しみを味わったあの日、こんな未来が待っているとはとても予測できなかった。

けれど紫乃は今、これから降りかかるだろう試練でさえも、必ず乗り越えられるという自信で満ちあふれている。それも、左京のおかげだ。

「左京さま」

「どうした？」

柔らかな声で返事をする左京が、紫乃の肩に顎を乗せてくるのでどぎまぎする。

酔ったときの彼は、言葉が甘くなるだけでなく、距離感が少しおかしくなるようだ。

「私、左京さまに会えて幸せです」

「私もだ」

紫乃が素直な感情を吐き出すと、左京は満足そうに微笑んだ。

――ふたりの明日は、雲が流れて再び光を放ちだしたあの月が導いてくれるに違いない。

――本書のプロフィール――

本書は書き下ろしです。

小学館文庫

白天狗《しろてんぐ》の贄嫁《にえよめ》

毒持《どくも》ちの令嬢《れいじょう》はかりそめの妻《つま》となる

著者　朝比奈希夜《あさひなきよ》

二〇二四年二月十一日　初版第一刷発行
二〇二四年三月十一日　第二刷発行

発行人　庄野　樹
発行所　株式会社　小学館
〒一〇一-八〇〇一
東京都千代田区一ツ橋二-三-一
電話　編集〇三-三二三〇-五六一六
　　　販売〇三-五二八一-三五五五
印刷所――中央精版印刷株式会社

ISBN978-4-09-407334-8